河出文庫

にごりえ

現代語訳・樋口一葉

伊藤比呂美　島田雅彦
多和田葉子　角田光代 訳

河出書房新社

にごりえ［現代語訳・樋口一葉］◎目次

にごりえ　現代語訳・樋口一葉

にごりえ［訳・伊藤比呂美］

一

「ちょっと木村さん、信《しん》さん、寄ってってよ、寄ってってってっていってんだから、寄ってってくれたっていいじゃないの、また素通りして二葉《ふたば》やへ行く気なんだろう、おしかけてってひきずってきてやるからそう思いな、ほんとにお風呂屋なら帰りにきっと寄ってってよ、まったくうそっつきなんだから、何をいうかわかんないんだから」

店先に立って、女がまくしたてる。つっかけ下駄の男にむかって、小言をいうような口ぶりでまくしたてる。馴染《なじ》みらしい男は怒りもしない。言いわけしながら、あとであとでと行き過ぎる。それを女は、チョッと舌打ちしながら見送って、「あとでもないもんだ、へ、来る気もないくせに、ほんとに女房もちになっちゃしょうがないね」と店のしきいをまたぎながらひとりごとをいった。

「高《たか》ちゃんなにをぐちぐちいってんのよ、そんなにやきもきしなくたって焼けぼっくいと何とかだってば、またよりの戻ることもあるわよ、心配しないで、おまじないでもして待ってればいいんだよ」と慰めるようにもう一人の女がいった。

「力《りき》ちゃんとちがってあたしにはテクニックてもんがないからね、一人でも逃しちゃったら惜しくってさ、あたしみたいな運の悪いのは、おまじないだってなんだってききやしない、あーあ、今夜もまたアブレっちゃう、なんだってこうなんだろ、あー、くそおもしろくもない」

女は店さきへ腰かけて、きもちがおさまらないように駒下駄《こまげた》のうしろでトントンと土間を蹴《け》っている。年は三十前後、眉毛は引いてある、生えぎわもつくってある、白粉《おしろい》もべったり塗りたくってある。唇も、たった今人を食った犬みたいに、染めぬいてある。

お力と呼ばれたのは、中肉の、背格好のすらりとした女である。洗い髪の大《おお》島田《しまだ》にさわやかに新わらをかざっている。化粧っ気といえばえりもとにつけた白粉くらいだが、それもくすんで見えるほど、色白のきれいな肌である。その肌を乳房のあたりまであらわにして、立て膝をついて、長煙管《ながぎせる》で煙草をすぱすぱふかしてと、いたって行儀がわるい。行儀を人にとやかくいわれることなどないのである。ゆかたは思い切った大柄、帯は黒繻子《くろじゅす》となんだかのまがいものを、背のところに緋色《ひいろ》をはでに出して、しどけなくむすんで垂らしている。ひとめで、この町の商売女と見てとれる。

お高は洋銀のかんざしで天神がえしの髷《まげ》の下をかきながら、思い出したようにいった。「力ちゃん、さっきの手紙出した?」

お力はうーんと気のない返事をして、「どうせ来るわけないけど、あれもお愛想よ」と笑っている。

「いいかげんにしなよ、巻紙《まきがみ》に長々とかいて二枚も切手はってさ、そんなことがお愛想でできるわけないでしょ、あの人は赤坂からのおなじみじゃないの、ちょっとやそっとのいざこざで縁切れになっちゃたまんないわよ。あんたの出方ひとつでどうでもなるんだから、ちょっとはがんばってひきとめてごらんよ、でないとそのうちばちがあたるよ」

「ご親切にありがとう、ご意見はうけたまわっておきますけどね、あたしはどうもあんなやつ虫がすかなかったのよ、縁がなかったんだとあきらめてちょうだい」と他人ごとのようにお力がいった。

「あきれたもんだわね」とお高は笑って、うちわで足元をあおぎながらいった。「あんたなんかそのわがままが通るからいいわよ、あたしみたいになっちゃおしまいよ」

昔は花よというそのいいぐさに笑いながら、女たちは表を通る男に、寄ってってよ寄ってらっしゃいよと声をかけていく。夕暮れの店先が、にぎやかになってきた。

店は二間《にけん》間口《まぐち》の二階作りである。軒《のき》にはご神燈《しんとう》をさげてある。塩も景気よく盛ってある。空壜かなにかはわからないが、銘酒がたくさん棚の上にならべてある。酒屋の帳場のようにみせかけているのである。勝手元からは七輪《しちりん》をあおぐ音が、ときどきさわがしくきこえてくる。女主人が自分で、寄せ鍋や茶わんむしなどをつくるのである。表にかかげた看板には、御料理と、それらしくかいてある。それを真にうけて仕出しを頼みに来られたらどうするか。今日は品切れでとことわるか。女以外のお客様のみ歓迎ととりつくろうか。どうにもこまったことになるはずなのに、そこはよくしたもので、世間はちゃんと、この店の商売がなんなのかを心得ている。口取りだ焼き魚だと注文にきたためしもない。

お力というのは、この家の一枚看板である。年はいちばん若いのに客をひきつけるのがうまい。たいしてお愛想やうれしがらせをいうわけでもなく、むしろ、いたってわがままにふるまっている。ちょっと器量がいいと思ってなまいきだと仲間うちから陰口をたたかれることもあるが、つきあってみるとあんがいやさしいところがあって、女同士でも、離れがたいきもちにさせられる。おカの顔だちがどことなく冴えて見えるのは、あの子の本性があらわれているせいだと人がいう。心ってのは隠しようのないものだから、と。新開《しんかい》へやってくる者ならだれでも、菊《きく》の井《い》のお力を知らないものはない。菊の井のお力か、お力の菊の井かともいわれ、菊の井にとってはこれは近ごろまれな拾いものだ、あの子のおかげで新開があかるくなった、抱え主はあの子を神棚へあげておがんだっていいと、周囲からうらやまれている。

人どおりの途切れたすきに、お高がいい出した。

「力ちゃん、あんたのことだから何があったって気にしてないんだろうけど、あたしには身につまされて源さんのことが気にかかるのよ、そりゃあ、ああおちぶれては、とてもいいお客とはいえないけど、おたがいに好きあったんだからしょうがない、年がちがったって子があったってさ、ねえそうじゃないの、おくさんがあるといって別れられるもんじゃないわよ、かまわないから呼び出してやりなよ、あたしの男なんて、あいつの方で根っから心がわりして、あたしの顔を見たら逃げ出すんだもの、もうどうしようもない、さっさとあきらめてほかのをさがすんだけど、あんたのはそんなんじゃない、あんたのやり方ひとつで、今のおくさんと別れてもらうことだってできるんだよ、でもあんたは気位が高いから、源《げん》さんなんかといっしょになるつもりはないんでしょ、それだったらなおさら、呼んで会うくらい問題ないじゃないの、ね、手紙をかきなよ、今に三河やの御用聞きが来るだろうから、あの小僧にちょっと使いっぱしりさせるのよ、お嬢様じゃあるまいし、御遠慮ばかりもうしあげてたってしょうがないよ、あんたは思い切りがよすぎるからいけない、とにかく手紙をかいてごらん、源さんがかわいそうだ」

お力は熱心に煙管を掃除している。うつむいたままものもいわない。やがて雁首《がんくび》をきれいに拭いて、一服すってポンとはたいて、またすいつけて、お高にわたしながら、「気をつけてよ」とお力はいった。「店先でいわれると人聞きが悪いわ、菊の井のお力は土方の手伝いを情夫に持ってるなんてかんちがいされちゃいやだもの、あれは昔の夢のおはなしよ、もうすっかり忘れちゃって、源とも七とも思い出さなくなっちゃった。さあ、もうその話は、やめ、やめ」

そういいながらお力が立ちあがったとき、表を兵児帯《へこおび》姿の学生たちが通りかかった。
「ちょっと石川さん村岡さん、お力の店を忘れちゃいやあよお」とお力が声をかければ、「やあやあ、あいかわらずの豪傑から声がかかった、これは素通りもできまい」と学生たちがどやどやと入ってきた。たちまち廊下にばたばたいう足音、ねえさんお銚子とさけぶ声、お肴《さかな》は何をと答える声、三味線の音、踊りのはじまったらしいのも、けいきよくきこえてきた。

二

雨の日、人どおりもまばらで、女たちもすることがない。そんな日に、山高帽子の三十男が表を通った。あの人をつかまえないとこの降りだ、客足もとまっちゃうわよとお力がかけ出していって、ねえ寄ってってって、寄ってってって、ぜったい放さないからと男の腕をつかまえて駄々をこねた。こんなきっかけで、このちょっとめずらしい客が、菊の井にあがってきたのである。その日、お力と客は、二階の六畳に、三味線なしで、ただ話しながらすごした。

客は、お力の年をきいた。名をきいた。それから親もとの調べにかかった。士族の出かときかれてお力は、「それはいえません」

平民かときかれて、「さあどうでしょう」

そんなら華族かと客が笑いながらきくと、「まあそう思っておいてくださいな、お華族の姫さまが手ずからお酌してるんですよ、かたじけなくお受けなさいませ」とお力はなみなみと酒をついだ。

「おいおい不作法だな、置きつぎをするやつがあるか、それは小笠原流か、何流っていうんだい」

「お力流といって菊の井一家の流派なんですよ、畳に酒をのませるお作法もあれば、特大のおわんの蓋《ふた》で一気飲みさせるお作法もあるし、いやな人にはお酌《しゃく》をしないっていうのが極意のとこなんです」

悪びれずに、機転のきいたうけ答えをするので、客はいよいよおもしろがっ

て
「経歴を話してきかせろよ、きっとすごい話があるんだろう、ただの娘あがりとは思えないが、どうなんだい」

「見てちょうだい、まだ角《つの》も生えてないし、そんなに甲羅《こうら》も経てないし」とお力はコロコロ笑っている。

「そうしらばっくれたらだめだ、ほんとのところを話してきかせろよ、素性《すじょう》がいえないいんなら目的をいえよ」

「むずかしくなってきましたね、いったら、あなたびっくりするわよ、天下をのぞむ大伴《おおとも》の黒主《くろぬし》っていうのは、あれはあたしのことなのよ」とお力はいよいよ笑いこける。

「これじゃどうにもならないなあ、そんなにとぼけてばかりいないで、少しはほんとのところを聞かせてくれ、いくら嘘でかためた毎日だったって、多少は真実もまじってるんだろう、夫のためにやってるのか、それとも親のためなのか」と客はちょっと真顔になった。お力もふと真顔になって

「あたしだって人間ですもの、すこしは心にしみることだってあります、親は早くになくなってあたし一人、こんなあたしですけど、女房にしたいっていってくれる方もないわけじゃないのよ、でもまだ夫はいません、しょせん育ちがわるいんですもの、このまま一生終わるんでしょうよ」

そう投げ出すようにいった。うわついた見かけとはうらはらに、そのことばには、厳しい、切実な思いがあふれかえるようだった。

「何も育ちがわるいからって、夫がもてないわけはないだろう、ことにおまえみたいなべっぴんさんだ、一足とびに玉《たま》の輿《こし》にのれるんじゃないか、それともそんな奥様あつかいは虫がすかないか、やっぱり下町の伝法肌《でんぽうはだ》のおかみさんにでもなった方がいいかね」

「まあそのあたりがおちでしょうけどね、こちらでいいと思う方はあちらがいや、来いといってくれる方の中には気に入った人がみつからない、うわっついてるふうに聞こえるでしょうけど、その日その日でいきあたりばったり」

「いやそんなはずはない、相手のないことはないだろう、今だって店先でだれかがよろしくいってたってほかの女がことづてしてたじゃないか、なにかおもしろいことがあるんだろう、何かおしえろよ」

「あなたもずいぶん根ほり葉ほりきく方ねえ、ええ、なじみはざらにいますわよ、あたしたちにとって、手紙のやりとりなんて反故《ほご》をとりかえっこするのと同じなんですもの、書けといわれれば、起請《きしょう》でも誓紙《せいし》でもお好みしだい書いちゃうわ、でもね、あたしたちみたいなものが夫婦約束なんかしたって、こっちで破るよりさきに、相手が破るんです、どっかに雇われてる人なら主人がこわくて、親のいる人なら親のいいなりで、男なんて、たいてい、根性なしよ、相手がふりむいてくれないんだから、こっちがむりやりおいかけていったってしょうがない、そんならやめちゃえって、それっきりになるの、そんな相手がいくらいたって、一生をたのめるような人はいないんです」とお力はさびしげな表情をみせた。

「ね、もうこんなはなしはよしましょう、陽気に遊びましょうよ、あたしは沈んだことはだいきらい、さわいでさわいでさわぎぬきたいわ」

お力が手をたたいて仲間を呼ぶと、

「力ちゃんだいぶおしめやかだね」とあの三十女の厚化粧があがってきた。

「おい、この子の彼氏は何ていう名だい」といきなり客にきかれて
「はあ、あたしはまだお名前をうかがっておりませんでした」

「嘘をいったら、お盆が来るのにえんま様におまいりができないぞ」と客に笑われて
「だってあなた、きょうお目にかかったばかりじゃありませんか、今あらためておききしようと思ってたところです」

「なにをさ」

「あなたのお名前、ふふ、力ちゃんの彼氏」

「ばかばか、お力が怒るぞ」

これは受けて、座がおおいにもりあがった。そんな無駄ばなしのやりとりに調子づいて、お高が、「旦那のお仕事をあててみましょうか」といいだした。

おねがいしますと客が手のひらをさしだすと

「いえ手相じゃありません、人相で見ます」とお高は落ちつきはらってまじまじと客の顔を見つめる。

「よしてくれよ、そんなに見つめられて棚おろしでもはじまっちゃたまらない、こう見えてもぼくは官吏だよ」

「うそですよ、日曜じゃないのに、遊んで歩いてるお役人がどこにいますか、力ちゃん、ねえ、何してらっしゃる方だと思う」

「化け物はしてらっしゃらないよ」と客はおどけて、懐《ふところ》から財布を出した。

「わかった人にご褒美だ」

お力も笑いながら、「高ちゃん、失礼なことをいっちゃだめよ、このお方はね、大金持ちのお華族さまで、おしのびの最中なの、だからお仕事なんてないのよ、そんなことしなくていいご身分なんだもん」

お力は座布団の上にのせておいた財布を取ると、芝居がかった口調で、「おとのさま、高尾にこれをばお預けなさいまし、みなの者に祝儀でもつかわしましょう」

客にことわりもしないで、ずんずん金を引き出しはじめた。客は柱によりかかってながめながら、諸事よきにはからえと、とのさまらしくかまえている。

「力ちゃんいいかげんにしなよ」とお高がいうけれども
「あらいいのよ、これはあんたに、これはねえさんに、大きいので帳場の払いを取って、残りはみんなにやってもいいとおっしゃる、おとのさまにお礼を申しあげていただくがよい」

お力は金をまきちらした。高尾ごっこにもちこんでお祝儀をせしめるのは、じつはお力の十八番である。お高も馴れているから、遠慮もそこそこに、旦那よろしいんでございますかとだめおしをすると、ありがとうございますと金をかっさらって出ていった。その後ろ姿を見おくって客が笑い出した。

「十九にしては老けてるね」

「人のわるいことをいうのね」

お力は立ちあがって障子をあけた。手摺によりかかって、頭痛のする頭をしきりにたたいている。

「おまえはどうなの、金はほしくないのか」

「あたしはべつにほしいものがあったの、これ」

お力は帯の間から客の名刺をとりだして、ちょっとささげるまねをした。

「これさえいただけば、なにもいらない」

「いつの間に引き出したんだ、そのかわりにおまえの写真をくれなくちゃだめだよ」

「この次の土曜日にきてくださいな、いっしょに写真をとりましょうよ」

帰ろうとする客を、お力はべつにひきとめようともしない。客の後ろにまわって羽織を着せかけながら
「今日は失礼いたしました、またぜひ来てくださいね」

「おい調子のいいことをいうなよ、空誓文《そらせいもん》はごめんだよ」

客は笑いながら、さっさと階段を降りていった。お力は帽子を手にして後ろからおいすがった。

「うそかほんとか、九十九夜の辛抱をしてみてくれたらわかるわ、菊の井のお

力は鋳型にはいった女じゃない、また違うすがたに変身するかもしれない」
旦那のお帰りときいて、お高や帳場の女主人もかけ出してきた。ただ今はありがとうございましたと口々に礼をいい、家中そろって、車に乗りこむ客を見送り、またのおいでをおまちしておりますと斉唱する。この愛想のよさは、さっきのご祝儀のききめである。お客の帰ったあとにも、力ちゃん、お力大明神さまさま、ありがとうよというさわぎが残った。

三

客は結城《ゆうき》朝之助《とものすけ》といった。自分では道楽ものと名のっているが、ときどきふっと、生まじめなところを見せる。きまった勤めも妻子もない。こういうところで遊ぶにはもってこいの年齢でもある。そういうわけで、あれから週に二三度は通ってくるようになった。お力の方でも慕っているようで、三日見えないと手紙をだす。嫉妬心もてつだってか、仲間の女たちはしきりにお力をひやかした。

「力ちゃんお楽しみじゃないの、男ぶりはいいし気前はいいし、今にあの方は出世するよ、そのときあんたは奥様ってことになるんだろうから、今っから少し気をつけて、人前で足を出したり湯飲みで酒をあおったりするのだけはやめといた方がいいよ、おさとがしれるから」というのもある。「源さんがきいたらどうだろうね、きちがいになっちゃうかもしれないよ」というのもある。

「ああ、そうだわよ、馬車に乗って来るとき都合がわるいからまず道からなおしといてちょうだいね、こんなどぶ板ががたついてるようなとこがおさとだなんて、それこそみっともなくてくるまを横づけにもできないよ、あんたたちももう少しお行儀よくしてくれないと、そのまんまじゃお給仕にだってでられやしないわよ」と、お力もだまっていないのである。

「まったくにくたらしいね、その口のわるいのをちょっと直さないと奥様らしくきこえないよ、見ておいで、結城さんがきたら思いっきりいいつけて、叱ってもらうから」と女たちは結城をつかまえて告げ口をした。

「こんなことをいってるんですよ、あたしたちのいうことはどうしてもききゃしないやんちゃなんです、あなたから叱ってやってくださいな、だいいち湯飲みで飲むなんてからだに毒じゃありませんか」

それで結城も、「お力、酒だけはひかえろよ」と真顔で忠告したことがある。

「あら、あなたまでそんなことといって」とお力がいった。

「あたしがこんなにはしゃいでこの仕事していられるのも、お酒の力があるからよ、あたしからお酒がぬけたら、お座敷がお通夜みたいになっちゃうわ、ね、そのへんはわかってちょうだいよ」

そういわれて結城は二度と酒のことを口に出さなかった。

ある月の夜、下座敷へはどこかの工場の人たちがやって来て、丼たたいて甚九やかっぽれで大さわぎしている。女たちはそっちにあつまっていって、例の二階の小座敷には、結城とお力の二人きりである。結城が寝そべって楽しそうに話しかけるのに、お力はうるさそうに生返事をして、なにか考えている。

「どうかしたのかい、また頭痛でもするのかい」と結城にきかれて

「いいえ頭痛もなんにもしませんけど、さっきから持病が」とお力はいった。

「おまえの持病は、かんしゃくかい」

「いいえ」

「血の道かい」

「いいえ」

「それじゃなんだい」ときかれて
「ぜったいいえませんたら」

「ほかでもないおれなんだ、なにをいったっていいじゃないか、ねえ、なんの病気だよ」

「病気じゃないんですもの、ただこんなふうになってこんなふうなことを思うってだけ」

「困った人だな、いろいろ秘密があると見える。おまえのお父さんはどんな人」と結城にきかれて
「いえません」

「じゃおっかさんは」ときかれて
「それもだめ」
「これまでの経歴は」ときかれて
「あなたにはいえませんてば」
「ねえ嘘でもいいからさ、これこれこういう不幸な身の上なんですって、つくりごとにしたって、たいていの女はいうもんだぜ、一度や二度の仲じゃないんだから、そのくらいのことはおれにいってくれたっていいじゃないか、口に出していわなくたって、おまえがなにか悩んでることぐらい、あんまにさぐらせたってわかる、きかなくたっていいんだけど、きいてみたいんだ、どっちみち同じことだから、まず、持病って方からきこうかね」と結城がくいさがるが、
「よしましょうよ、きいたってつまんないことですもの」とお力はいっこうにとりあわない。
　そのとき下座敷からお銚子をはこんできた女がお力に耳打ちして、「ともかくも下までおいでよ」とささやいた。

「いやよ、いきたくないからほっといてよ、今夜はお客がよっぱらっちゃって、会ったっておはなしもできませんってことわってくれない、まったく困った人なんだから」とお力は眉をよせた。

「あんたそれでもいいいの」

「いいのよ」とお力は膝の上で撥《ばち》をもてあそんでいる。女はけげんな顔をして出ていった。

そのやりとりをきいていた結城は、笑いながらいった。

「遠慮しなくたっていい、会ってきたらいいよ、何もそんな他人行儀なことしなくたっていいじゃないか、かわいい人にむだ足ふませちゃいけない、おいかけていって会ってこいよ、なんならここへ呼んだらいいよ、おれは片隅にいてはなしのじゃまはしないからさ」

「冗談はぬきにして結城さん、あなたに隠したってしょうがないからいいますけどね、以前はけっこう羽振りのよかったふとんやの源七っていう人、長い間なじみでしたけど、今はみるかげもなく貧乏して八百屋の裏の小さな家に、まいまいつぶりみたいに暮らしてます、奥さんも子どももいるし、あたしみたいなものに会いにきてどうのという年じゃないんですけど、どういうわけか縁が切れないらしくて、いまだにときどきなんのかのといっては来るんです、今も下座敷に来たんでしょう、今さら突きはなしたいわけじゃないんだけど、会ってしまったらいろいろめんどうなことになるでしょうから、よらずさわらず帰した方がいいと思うの、恨まれるのは覚悟の上です、鬼と思われたって蛇と思われたってもういいの」と撥を畳において、すこしのびあがって表を見下ろした。

「おいおい姿が見えるのかい」と結城にからかわれて

「ええもう帰ったみたい」とお力はこたえて、そのままぼんやりとしている。

「おまえの持病っていうのはそれかい」

「まあそんなところだわ、お医者さまでも草津の湯でもってね」とお力はさびしげに笑っている。

「御《ご》本尊《ほんぞん》をおがみたいなあ、役者でいったら誰みたいな人」と結城にきかれて

「見たらびっくりよ、色の黒い、背のたかい、不動さまの名代《みょうだい》みたいな人」

「じゃ気性がいいのか」

「こんな店で身上《しんしょう》はたくほどの人ですもの、人がいいだけでほかにとりえなんかなんにもない、おもしろくもおかしくもなんともない人」

「そういう男にどうしておまえはのぼせあがった、これはきいとかなくちゃ」

と結城はむくりとおきあがった。

「のぼせ性なんでしょう、あたしは、あなたのことだってこのごろは夢にみない夜はないくらい、奥さんのできたところを見たり、ぱったり来なくなったところを見たり、いいえまだまだ、もっとかなしい夢を見て、目がさめたら枕紙がびっしょり濡れてたなんてこともあるわ、高ちゃんなんて枕に頭をつけるが早いか高いびきをかいて、きもちよさそうに寝ついちゃうけど、あたしはどんな疲れたときでもおふとんに入ると目がさえちゃって、それはそれはいろんなことを考えちゃって、あなたはあたしに悩みがあるんだろうって察してくれるからうれしいけど、でもあたしがいったい何をかんがえているのか、それはぜったいわかってくれないと思うの、考えたってしょうがないから、人前でだけはげんきにはしゃいでみせてると、よそのお客さまなんて、菊の井のお力は、行きぬけのしまりなしだ、苦労しらずだなんていうの、因果なのかしら、あたしほどかなしい思いしてるものはいないと思うのに」とお力は涙ぐんでしょんぼりする。

「めずらしいじゃないか、こんな暗いはなし、慰めてやりたいけど、理由がわからないから慰めようがない、夢にみてくれるほどおれのことを思ってくれてるなら、奥さんにしてくれぐらいいったっていいのに、そんなことはおくびにもださないってのはどういうことだい、袖ふりあうもなんとかだ、この仕事をいやだと思ってるんなら遠慮なく打ち明けてくれればいいんだ、おれはまた、おまえみたいな性格の女はこの方がいっそ気楽だというんでこんなふうにふわふわ暮らしてるのかと思ってた、いったいどんな理由があってこういうことをやってるのか、おまえさえよければ、おれはきいてみたいんだよ」

「あなたにはきいてもらおうと、この間から思ってたんです、でも今夜はだめ」

「なぜ」

「なぜでもだめなの、あたしはわがままだから、いいたくないと思うときはどうしてもいやなの」

お力はついと立って縁側へ出た。雲のない空の月かげがすずしく冴えわたる。からころと駒下駄の音をたてて行きかう人の影もはっきりと見える。「結城さん」とお力が呼んだ。

「なんだ」

「まあここへすわって」

そばに来た結城の手をとって、「ほら、あの果物屋で桃を買ってる子がいるでしょ、かわいらしい、四つばかりの、あれがさっきの人の子なの、あんな小さな子どもでも、子ども心によくよくあたしが憎いらしいの、あたしを見るたび、おに、おにっていうのよ、ねえ、そんなにあたしは、悪い人間に見えるのかしら」

空をみあげてお力はためいきをついた。もうがまんできないというようなためいきをついた。

四

同じ新開の町はずれに、八百屋と床屋の庇《ひさし》がくっつきあっているような露地《ろじ》がある。狭くるしくて、雨の日は傘もさせない。どぶ板はところどころはずれて、落し穴ができている。どぶをはさんで両側に、棟割《むねわ》り長屋が立っている。その中で、つきあたりの、ごみためのそばの一軒が、お力の、例の源七《げんしち》の家である。狭くてみすぼらしいだけじゃない。上がりかまちはくさっている。雨戸はたてつけが悪くて不用心である。それでも、裏にまわれば小さな縁側があって、そこから外に出られる。外は草ぼうぼうの空き地である。そのはじを少しかこって、青じそやえぞ菊がつくってある。いんげん豆の蔓を竹垣にからませてある。

女房はお初《はつ》という。二十八か九になるが、貧乏ぐらしですっかりやつれて、七つは老けて見える。おはぐろもまだらのまま、眉毛も生えほうだい生やしている。着ているものは洗いざらしの鳴海《なるみ》しぼりのゆかたである。前身と後身を切りかえて縫いなおし、膝のあたりはこまかく目立たないようにつぎをあててある。幅の狭い帯をきりりとしめて、蟬表《せみおもて》の内職をしている。盆の前からきゅうに暑さがひどくなった。その中で、お初は、大汗をかきながら、いっしんふらんに仕事をしている。材料の籐はそろえて天井からつりさげてある。一つでも多く手ぎわよくと、考えるのはそればかりである。

日が暮れたのに太吉《たきち》はなぜ帰ってこないのかしら、源さんもまたいったいどこを歩いているのかしらと、お初は仕事を片づけて、たばこに火をつけた。一服すって、疲れた目をぱちつかせると、土瓶《どびん》の下をほじくりはじめた。蚊いぶしの火鉢《ひばち》に火をとりわけて、縁側にもちだした。ひろいあつめた杉の葉をかぶせて、ふうふうとふきたてた。ふすふすと煙がたちのぼる。蚊がすさまじいうなり声をあげて軒端《のきば》にのがれていく。そこへがたがたとどぶ板を鳴らして太吉が帰ってきて、門口から呼びたてた。

「かあちゃん、ただいま、おとうちゃんもいっしょにつれてきたよ」

「ずいぶんおそかったねえ、お寺の山に行ったんじゃないかと思って、かあさん心配してたんだよ、早くおはいり」

太吉をさきにたてて、源七は元気なくぬっと上がってきた。

「おかえりなさい、今日は暑かったでしょう、きっと帰りが早いだろうと思って、行水をわかしておきましたよ、ざっと汗をながしたらどう、太吉もお湯におはいり」

はいと返事して、さっそく太吉は帯をときはじめた。

「おまち、おまち、今湯加減をみてやるから」とお初は流しもとにたらいをすえて、釜の湯をくみだした。かきまわして、手ぬぐいを入れてやる。

「さあ、この子も入れてやってくださいよ、どうしたの、なにをぐったりしてるんですか、暑さにでもあたったんですか、何ともないんなら、ほら行水《ぎょうずい》をあびて、さっぱりして、ごはんにしましょう、太吉が待ってますよ」

おおそうだと源七も思い出したように帯をといて、下におりて湯に浸かった。

すると、なんだか昔の自分を思い出した。こんな裏長屋の台所で行水をつかうことになるとは夢にも思っていなかった。まして土方の手伝いで車の後押しをするなんて、産みの親だって思っていなかったにちがいない。つまらない夢を見たばかりにこんなことになったのだという思いがじっと身にしみてくる。父親がたらいの中でみじろぎもしないので、「おとうちゃん、せなかをあらっておくれ」とむじゃきに太吉がさいそくする。「蚊に食われるから、早くおあがんなさいな」とお初もうながす。

ああそうだったと源七は、太吉をあらいはじめた。それから自分もあびた。それを上にあがると、お初が、洗いざらしのさばさばした浴衣を出してきた。それを着て、帯をまきつけ、風のとおるところへ行った。お膳は、能代塗《のしろぬ》りの、はげかかって足のぐらつくしろものである。「あなたの好きな冷奴にしましたよ」と、お初は、小丼に豆腐を浮かせて青じそをそえたのをその上にならべる。太吉も、台から飯びつをおろして、よいしょよいしょとはこんでくる。「ぼうずはおれのそばにこい」と源七は太吉の頭を撫でて、箸《はし》をとった。

考えごとをしているわけではない。それでも、舌に感覚がなくなっているようだ。咽喉の穴がはれあがっているようだ。

「もうやめにする」と源七は茶碗をおいた。

「そんなことがありますか、力仕事をする人がごはん三膳《さんぜん》食べられなくてどうするの、気分でもわるいんですか、ひどく疲れたんですか」

「いや、どこもなんともない、ただ食べる気にならないんだ」

お初は悲しそうな目をしていった。

「あなた、また例のがおこったのね、菊の井のお料理がいくらおいしくたって、今の身分で思い出してどうなるんですか、あちらは売り物買い物、お金さえできたら昔みたいにかわいがってくれますよ、表をとおって見るだけでわかります、白粉つけていいきものをきて、迷いこんでくる人たちをだれかれなしにだますのがあの人たちの商売なんだから、ああ、おれが貧乏になったからもうかまってくれないんだなと思えばいいことなんです、恨みに思うなんて、未練たらしい、裏町の酒屋の若いものの話、きいたでしょう、二葉《ふたば》やのお角《かく》にのめりこんで、集金したのを残らず使いこんで、それを埋めるのにばくちに手を出して、それからというもの、みるみるわるい道にはまってって、とうとう土蔵やぶりまでして、今、男は監獄に入れられてるそうだけど、相手のお角ったらへいきな顔して、あいかわらずおもしろおかしく世をわたって、人になんにもいわれない、ますます繁盛してるっていうじゃありませんか、商売女だからそれですむんです、だまされたのはこっちが悪いんです、今さら考えたってはじまることじゃないし、それより早く気をとりなおして、仕事に精を出して、元手をすこしでも作るようにしてくださいな、今、あなたに倒れられたら、あたしもこの子もどうしようもなくなって、それこそ路頭に迷わなくちゃならなくなる、ね、男らしく、思い切るときはすっぱりあきらめて、お金さえできたらお力どころか小紫《こむらさき》でも揚巻《あげまき》でも、別荘をたてて囲えると思って、ほらもう、そんな考えごとはやめにして、機嫌よくごはんをたべてくださいな、この子まで沈みこんでしまったわ」

子どもは、茶碗と箸をおいて、わけはわからないが気にかかるといったふうに、父と母の顔を見くらべている。こんなかわいい子どももいるのに、あんなたぬきが忘れられないのは何の因果《いんが》だと、源七は胸の中がかきまわされるような思いがする。われながら未練ものめと自分を叱りつける。

「いや、おれだって、そんなにいつまでも馬鹿じゃいられない、お力なんて名前も出さないでくれ、自分のしでかした不始末を考えはじめると、いよいよ顔もあげられなくなる、なんの、こんな身になって今さら何を思うものか、飯が食えないっていったって、そんなのはただの身体の加減だよ、何も心配してくれなくたっていいんだ、さあ、ぼうずもたくさんたべるんだぞ」

　源七はごろりと横になって、胸のあたりをばたばたとうちあおいだ。蚊やりの煙にむせんでいるわけじゃない。でも思いは胸にもえている。それでからだがほてるのである。

五

女たちは白鬼《しろおに》と呼ばれている。だれがつけたか、うまい名である。あの町は、たしかに、鬼でひしめく無間地獄《むげんぢごく》を思わせる。たいしたしかけもないのに、女たちがたくみに男を血の池にひきずりこみ、借金の針山に追いあげる。寄っておいでよと誘う声は甘く耳にひびくが、雉子が蛇をとって食うときも、あんな甘い声を出して蛇を誘うのを知っているか。そんな女たちだって人間にはちがいない。母親の胎内には十月《とつき》いたし、母親の乳房にすがりついて、母親の膝の上でおつむてんてんとかわいらしい芸をした。お金とお菓子とどっちがいいといわれれば、お菓子がいいと、ちいさい手を出した。女たちが男を相手に、まごころなんてどこにもない商売である。それでも百人の女がいれば、一人くらいは、心からの涙をながす。

「ねえきいてきいて、そめものやの辰さんのことよ、きのうも川田やの店でおちゃっぴいのおろくなんかと、ふざけてるのよ、あんなところ見たくもなかった、通りまで飛び出していって、ぶったりぶたれたり、あんなふらふらしたことでどうするんだろう、あの人いくつだと思う、三十もとっくにこえてるのよ、いいかげんに所帯もつこと考えてよって会うたびにいってるんだけれど、生返事するだけでまじめにきいてくれない、あの人のお父さんは年よりだし、お母さんは目がわるいし、だから心配させないように早くきちんとしてくれればいい、あたしはこれでもあの人のはんてんを洗濯したり、ももひきをつくろったりしてみたいと思ってるのに、あんなふらふらしたことじゃいつ身請けしてくれるかわかんない、考えるとつくづくこんな仕事がいやになる、お客に声かけるのも、何のためにしてんだか、ちっともはりあいがない、つまらない」と、こめかみをおさえてうなだれて、女がいう。男への恨みつらみをこぼしている口は、いつもなら男をだますのに使う口である。そうかと思えば

「ああ今日は盆の十六日だ、えんま様のお参りに、子どもたちが連れ立ってとおるよ、きれいな着物きてこづかいもらってうれしそうな顔をしていくよ、あ

の子たちには、きっときっと、二人そろって甲斐性《かいしょう》のある親がいるんだ、あたしの息子の与太郎も、今日はお休みをもらってるだろうけれど、どこへ行ってどんなことをして遊んだって、人様がうらやましいにちがいない、父親はのんべで、住所も定まらないし、母親はこんなところで、こんなはでなりしてさ、こんなことやってるんだ、たとえ居所がわかったところで、会いにきてくれるわけがない、去年、向島の花見のとき、人妻みたいに丸まげに結って、仲間といっしょに遊びあるいてたら、土手のお茶屋でばったりあの子に会った、あたしは声かけた、あのときだって、与太郎は、あたしの若作りにあきれてたもの、ましてやこの大島田だ、花かんざしなんかヒラヒラさせて、お客をつかまえて軽口たたいてるところを見たら、子どもとしたらせつないだろう、去年会ったときは、今は駒形のろうそく屋に奉公してるって、どんなつらいことがあってもかならず辛抱して一人前になって、おとっさんもおっかさんも今に楽をさせてあげるって、どうかそれまで、かたぎで、一人で、暮らしておくれ、だれかの女房になるのだけはおっかさんしないでおくれといわれた、だけれども女身だ、マッチの箱はりじゃ暮らしていけない、人様の家の台所をはいずりまわるには体が弱い、同じ苦労するならすこしでも体の楽な方がと思って、こんなことをして身すぎしている、ふらふらしたくてしてるんじゃけっしてないんだけれども、きっとあの子は、おふくろはおれのきもちをちっともわかってくれないと、あたしに愛想をつかすだろう、この商売、いつもは何とも思わないのに、なんだか今日ばかりは恥ずかしくなった」と、夕暮れ、鏡の前にすわりこんで、涙ぐむ女もいる。

菊の井のお力だって、悪魔の生まれかわりのはずがない。わけがあるからこそ、こんなところに流れてきた。口から出まかせをいいちらし、軽口をたたきちらして、その日を送る。人間らしい感情は薄っぺらい紙いちまいか蛍の光か、ぽっちりとしかおもてに出さない。人間らしい涙は百年分もがまんしている。自分のせいで人が死んでも、あらご愁傷さまとそっぽをむく。ものに動じないふりをするのもすっかり慣れた。それでもときおり感じる悲しさおそろしさは、少しずつ胸のうちにつもっていく。それは泣いてはらすしかないのである。人前では泣けない。泣きたくない。それで二階の座敷の床の間でしのび泣く。仲間たちにもひた隠しに隠すから、根性のある子、気のつよい子と人にいわれる。さわればたちまち切れてしまう、蜘蛛の糸みたいなところがあるとは、だれも知らない。

七月十六日の夜は、どこの店も客であふれた。どどいつや端唄《はうた》があちこちからけいきよく聞こえてくる。菊の井の下座敷《したざしき》でも、商店に奉公している連中が五、六人集まって、調子っぱずれの紀伊《きい》の国をうたったり、声自慢が胴間声《どうまごえ》で霞《かすみ》の衣《ころも》えもんざかとうなったりしていた。力ちゃんはどうした、いつものやつをきかせとくれ、さあやっとくれ、やっとくれ、と客にせがまれて、お力は、お名はささねどこの座の中にと、いつものやつをうたった。客がよろこんではやしたてる中で、つづいて、「わが恋は、細谷川《ほそだにがわ》の丸木橋、渡るにゃ怕《こわ》し、渡らねば」とうたいだしたのだが、ふと何かを思い出したように、

「ああ、あたしはちょっと失礼します、ごめんなさいね」

と三味線をおいて立ちあがった。おいおい、どこへいくんだ、逃げたらだめ

だと客がさわぎ出した。

「照ちゃん、高さん、少しおねがいね、すぐ帰るから」

そういいのこして、お力は急ぎ足ですっと廊下に出て、ふりむきもしないで、店口から下駄をはいて、筋向こうの横町の闇へまぎれこんでいった。

お力はいっさんに家を出たのである。

行かれるものならこのままどこかへ行ってしまいたい、唐だって天竺だっていいんだ、はてのはてまで行ってしまいたい、ああいやだいやだいやだ、どうしたら行けるのかしら、人の声も聞こえない物の音もしない、静かな、静かな、自分の心もなにもただぼうっとして、なやむことなんかなにもないところへ、どうしたら行けるのかしら、つまらない、くだらない、おもしろくない、情けない、悲しい、心細い、そんな中にいつまであたしはとめられているのかしら、これが一生か、一生がこれか、ああいやだいやだ。

お力は道端の立ち木へ寄りかかって、しばらくそこにそうやって、ぼんやりしていた。わたるにゃこわしわたらねばと、自分のうたった声がきこえてくる。

どこからともなくきこえてくる。

しかたがない、やっぱりあたしも丸木橋をわたらなくちゃならないんだ、おとうさんは踏みはずしておちてしまった、おじいさんもそうだった、何代もの恨みをしょって生きてるあたしだから、するだけのことはしなければ死のうたって死ねないんだろう、情けないとは思うけれども、あわれと思ってくれる人はなし、人にいったところでこの商売がいやなのかと一言で片づけられてしまう。

ええどうなりとも勝手になれ、勝手になれ、こんなに考えたってあたしにはあたしの行き方がわからない、わからないならわからないなりに、菊の井のお力をとおしていくしかない、人情しらずか義理しらずか、そんなことも考えない、考えたってどうなるものか、こんな身で、こんな商売で、こんな因果もあるあたしだ、どうしたって人並みじゃないにちがいない、人並みのことを考えてなやむだけまちがいだ。

ああくさくさする、あたし、なんだって、こんなところに立ってるのかしら、何しにこんなところへ出てきたのかしら、ばからしい、きちがいじみた、われながらわけのわからない、もうもう帰ろう、帰らなくちゃ。

お力は、横町の闇から出て、夜店のならぶにぎやかなところをぶらぶら歩いた。

行きかう人の顔が小さく小さく、すれちがう人の顔もはるかとおくに見えるようだ、あたしの踏んでいる土だけぽっかりと高く上にあがっているようだ、人の声のざわめくのはきこえる。でも井戸の底に物を落としたようにとおくひびく、人の声は人の声、自分の思いは自分の思いと、くっきりわかれてしまったまま、そこにある、この現実に、ひきもどすことができない。

あの家の前に人がおびただしく立っている、夫婦げんかしている、人はおびただしく立って、それを見ているのに、ただあたしだけぽつんと、広い野原の冬枯れしたとこを歩いていくようだ、心にとまるものもなく、気にかかる景色もない、胸がさわぐ、いいえ、生きてる感じもまるでしない、不安に押しつぶされそうなのに、どうすることもできない、このまま気がくるうんじゃないか。

そう思ってたちどまった瞬間、「お力どこへ行く」と肩をうつ人があった。

六

十六日は待ってますからね、きっと来てねと結城にいったのを、お力はすっかり忘れていたのである。今まで思い出しもしなかった結城にとつぜん出くわした。そのおどろく顔が、ふだんのお力とちがっていておかしいと、結城は大笑いしている。

「まあ恥ずかしい、考えごとをしながら歩いてたから不意をつかれてあわてちゃった、よく今夜は来てくれたのね」とお力がいった。

「あれほど約束をしたのに待っててくれないんだからつめたいじゃないか」と結城がからかった。

「何とでもいってちょうだい、いいわけはあとで」

お力は結城の手をにぎってそのまま歩いていく。

「おいおい、やじうまがうるさいからよせよ」

「かってにいわせとけばいいのよ、こっちはこっち」

お力は結城の手をひいて、人の間をかきわけて、菊の井につれてきた。

下座敷では、客がお力に中座《ちゅうざ》されたのを怒ってまださわいでいた。おやお帰りかいと店先でいうのをきいて、客をおきざりにして中座するという法があるか帰ったんならここへ来い顔を見せないとしょうちしないなどと、居丈高にいちらしている。お力はそれを聞き流して、二階の座敷へ結城をつれてあがった。下座敷には、人をやってことわりを入れただけである。「今夜も頭痛がするのでお酒の相手はできません。おおぜいの人の中で悪酔いしそうなのでちょっと休ませていただきます。後のことはともかく、今はごめんなさい」

結城が心配して、「それでいいのか、客は怒らないのか、もめたりしたらめんどうなことになるんじゃないか」というけれども、お力はかまわず、「いいのよ、商人ふぜいの白瓜《しろうり》になにができますかってんだ、怒るなら怒りやがれだわ」

女中にいいつけてお銚子《ちょうし》のしたくをさせると、酒が来るのをまちかねて、

「結城さん、今夜はあたし、ちょっとおもしろくないことがあって、なんだか変ですから、その気でつきあってね、お酒をがんがん飲むんだから、とめないでね、酔ったら介抱してちょうだいね」といった。

「きみの酔ったところはまだ見たことがない、気がはれるまで飲むのはいいけど、また頭痛がしたりしないか、いったい何があったんだ、おれなんかにいったってしょうがないことか」

「いいえ、あなたにはきいてもらいたいのよ、酔ったら何もかも話しますから、おどろいたりしちゃだめ」

お力はニコニコしながらそういうと、湯飲みをとりよせて、二三杯は息もつかないで飲みほした。

今日のお力には、結城のようすがなんだか気にかかる。こんなに肩幅の広い背の高い人だったのかと思う。こんなにたのもしげなおちついた口調で話す人だったのかとも思う。目つきのするどくて人を射るようなのが、まぶしいよう

だ。髪の毛の濃いのを短く刈りあげて、えりあしのくっきりしているのも、今さらながら気がついたのである。

「なにを見てるんだ」と結城がいった。

「あなたの顔をみてるのよ」

「こいつめ」と結城ににらみつけられて、「おおこわい」とお力は笑っている。

「冗談はともかく、ほんとに今夜はようすがへんだぞ、きいたら怒るかもしれないが、なにかあったのか」と結城がきいた。

「いいえなんにも、人とのいざこざはいつものことですもの、そんなのはちっとも気にならないから悩むなんてこともないの、あたしがときどき気まぐれをおこすのは、人のせいじゃなくて、あたし自身のせいなのよ、あたしはこんないやしい女で、あなたはこんなりっぱな方で、いったいあたしの思ってることを話したって、わかってくれるかどうかわからないけど、でもいいの、わかってくれなくても、笑われたっていいの、あたしはあなたに笑われたいの、今夜はなにもかも話しますからね、まあ何から話そうか、胸がつまって口がきけなくなっちゃった」とまた大湯飲みにぐいぐいとあおる。

「なにより先に、あたしがだらしない女だってことをわかってほしいの、箱入りの生娘《きむすめ》なんかじゃないってことはとっくに知ってるでしょう、泥の中の蓮だとかなんとか、いくらきれいごとをいわれたって、あたしたちが悪いことにそまらなかったら、繁盛するどころか見にくる人だってないわ、あなたはちがうの、でもあたしのところへくるお客なんてみんなそんなものよ、あたしだってときどきは世間並みなこと考えて、こんな仕事してるなんて、恥ずかしいとも、つらいとも、なさけないとも思うの、いっそ貧乏な裏長屋に住んだっていいから、きまった男を夫に持って身を固めようかとも考える、でもそれがあたしにはできないの、それでも、お客がくれば愛想をふりまかなくちゃいけない、すてきだとか、いとしいとか、すきになりましたとか、いいかげんなお世辞もいわなくちゃいけない、中にはそんなお世辞をまにうけて、こんなやくざなあたしでも女房にしたいといってくれる人もある、好きな男に女房にしてもらったらうれしいか、好きな男の女房になれたら本望か、それがあたしにはわからない、だいたい、はじめから、あたしはあなたが好きで好きで、一日会わないと恋しくなる、でも、そのあなたが、あたしを奥様にしてくれるとしたらどうかしら、きまった男にしばられるのはいや、でも手のとどかないところにいれば慕わしくてたまらない、ええそうよ、ふらふらしてるの、おちつかないの、浮気者なのよ、どうしてこんなになっちゃったかといえば、あたしが、三代つづいたできそこないだからよ、あたしの父親の一生もろくなものじゃなかった」

とお力は涙ぐんだ。

「その親父さんは」

「父親は職人、祖父は学問をやってたんですって、やっぱり、あたしみたいな変わり者だったらしくて、本をかいて、どうせなんの役にもたたないような本、そしたらお上《かみ》から出版さしとめをくらって、それが無念で、断食して死んだんですって、生まれはいやしいのに、十六のころから思いたって一心に勉強して、でもそれだけ、六十すぎまで何をやってもものにならず、しまいには世間の物笑いになって、今じゃ名前もわすれられてしまったと父が、いつもなげいていたのを、子どものころから聞いてたから。

あたしの父というのは三つの年に縁側からおちて片足がきかなくなって、人とまじわるのはいやだといって、金ものの飾りの職人になって、うちで仕事してたの、でも、気位がたかくて愛想もわるくって、ひいきにしてくれる人もぜんぜんなくて。

あれは、あたしが七つの年の冬でした。

寒いさなかなのに、親子三人古ゆかたで、それでも父は寒いのも感じないみたいに、柱に寄りかかって熱心に仕事していて、母は、欠けたかまどに割れた鍋をかけて、あたしに、おつかいに行けと、それであたしは小銭をしっかりにぎって、みそこし持って、わくわくしながら、米屋に走っていった、そこまではよかったの、ところがあんまり寒くて、手も足もすっかりかじかんで、帰りがけに、家の五六軒手前まで来たところで、どぶ板の上で、氷にすべって、ころんじゃった、そのはずみに、持ってたみそこしを落っことして、お米が、ざらざら、ざらざら、どぶ板のすきまからこぼれていっちゃった、下はどろどろのどぶですもの、何度ものぞいてみたけど、どうやったって拾えるもんじゃない。

そのときあたしは七つだったけど、うちにお金がないってことも両親のきもちも、よくわかってたから、お米落っことしちゃったなんて、空のみそこしさげて帰るなんて、とてもできなかった、そこに立ってしばらく泣いてたけど、どうしたときいてくれる人もないし、きいたところで買ってやろうっていう人はなおさらないし、あのとき近所に川なり池なりあったら、あたしはきっと、身を投げて死んでたと思うの、ああ、話しても話しても、あのときのきもちの百分の一くらいしか伝わっていかないような気がする、でもね、あたしはあのときからおかしくなったのよ。

母が心配して見にきてくれて、あたしはやっと家に帰ったの、帰ったけれども、母も父もあたしを叱りもせず、だまってるばかりで、家の中はしいんとして、ときどきためいきがもれて、そのためいきが、あたしには身を切られるよりつらくて、とうとう父が、今日一日断食しようとひとことというまでは、息をするのも、そうっと、そうっと、しのんで、していたくらい」

ことばがとぎれた。涙のあふれるのをおさえきれずに、お力は、紅のハンカチを顔におしあてて、その端をかみしめた。長い間そうやって、二人とももものをいわず、その場にはものおともせず、酒のにおいをめあてに寄ってくる蚊のうなり声だけが音たかくきこえた。顔をあげたときは、その頰に、涙のあとはあってもほほえみをうかべていた。

「あたしはそんな貧乏人の娘、おかしくなるのは親ゆずりでときどき起こるんです、今夜もこんなわからないことをいい出してほんとにごめんなさい、もうやめます、気にさわったらゆるしてね、誰か呼んで陽気にしましょうか」

「いや遠慮しなくたっていいんだ、お父さんは早くなくなったのか」

「ええ、母さんが肺結核をわずらってなくなって、一周忌のこないうちにあとを追いました、今生きていてもまだ五十、親だからいうわけじゃないけど、名人といってもいいくらいの職人だったの、でもいくら名人だ上手だといったって、あたしのような家に生まれついたらさいご、どうなることもできないのね、あたしだってそうなんだわ」と、なにか考えこんでいる。

「おまえは出世したいんだなあ」ととつぜん結城がいった。

「え」とお力はおどろいて顔をあげた。

「あたしなんて、出世したくってもみそこしがせいぜいで、玉の輿《たまのこし》なんてとてもとても」

「うそをつかなくたっていいんだ、おれにははじめからわかっていたんだから、今さら隠すなんて野暮だ、やればいい、思い切ってどんどんやればいい」と結城がいった。

「そんな、けしかけるのはやめて、しょせんこんな身なんですもの」とお力は、またうちしおれて、だまってしまった。

下座敷の人々もいつのまにか帰ったらしい。表の雨戸をたてる音がする。夜の更《ふ》けたのに気がついて、結城も帰り支度をはじめた。するとお力が、どうしても泊まらせるといってきかない。下駄を隠してまでひきとめるので、結城も、足をとられて幽霊じゃあるまいし、戸のすきまから出ていくわけにもいかないしと、今夜はここに泊まることにした。それから雨戸をたてる音がひとしきりきこえた。雨戸からもれる灯のかげもやがて消えた。通りを行く夜回りの巡査の靴音だけが高くひびいた。

七

思い出したって今さらどうなるものでもない。忘れてしまえあきらめてしまえとなんども決意しながらも、去年のお盆にはそろいの浴衣をこしらえたことやそれを着て二人で蔵前に参詣したことなどが、つぎつぎと、考えるつもりもないのに源七の心にうかんでくる。盆に入ってからはますます仕事に出ようという気力もなくなった。「あなたそれじゃいけません」とお初のいさめることばが耳にうるさい。

「うるさい、だまってろ」と源七はごろりと横になった。

「あたしがだまってたら、どうやって暮らしていくんですか、身体が悪いなら薬をのめばいい、お医者にかかるのも仕方がない、でもあなたのヤマイはそんなんじゃない、きもちさえしっかりすれば、どこも悪いところなんかないくせに、少しはまともになって働いてくださいよ」

「いつも同じことばかりいいやがって、耳にたこができる、よけい気分が悪くなる、おい、酒でも買って来てくれ、気ばらしに飲むんだ」

「あなたそのお酒が買えるくらいなら、いやだといってるものをむりに仕事に出てくれなんて頼みゃしませんよ、あたしの内職だって朝から夜までやって十五銭が関の山なのよ、親子三人おも湯もろくに飲めないような状態で、酒を買えなんて、あなたもよくよく無茶助《むちゃすけ》になったもんだわね、お盆だというのに、昨日なんかも、ぼうやに白玉一つたべさせてやれず、お精霊のお棚かざりもつくれなかった、ご燈明ひとつあげたっきりでご先祖さまにおわびしなくちゃいけないのは、誰のせいだと思ってるんですか、あなたがばかにばかをかさねてお力みたいな女につられたから起こったんでしょう、いっちゃ悪いけど、あなたは親不孝の子不孝ですよ、少しはあの子の将来も考えて真人間になってくれないと、お酒を飲んだって気がはれるのはたった一時じゃないの、しんから改心してくれないと、あたしは不安で不安でたまりませんよ」

返事はない。ため息だけときどき低くもれる。源七は身動きもしない。ただ仰向けに寝ている。

「そんなふうになってもまだお力のことが忘れられないんですか」

泣きながらお初がかきくどいた。

「十年つれそって子どもまでもうけたあたしには、こんな、心かぎりの苦労をさせて、子にはぼろを着せて、家といえば六畳一間のこんな犬小屋で、世間みんなからばかにされて、のけものにされて、春や秋に、お彼岸に、ぼたもちやお団子《だんご》を隣近所にくばるときだって、源七の家にはやらない方がいいと、おかえしができないから気の毒だと、そりゃ親切でそうしてくれてるのはわかるけど、十軒長屋の中でうちだけ一軒のけものになるのよ、男の人は外に出ていくからいいけど、うちにいなきゃならない女は、やるせないほど、せつないんです、かなしいんです、肩身だってせまくなるし、朝夕のあいさつにも人の顔色をうかがうようになるし、あなたときたらそんなことをおかまいなしで、自分の女のことばかり考えて、自分を捨てた女がそんなに恋しいんですか、昼ひなかにも夢に見て、ひとりごとをいってるじゃないの、あたしのことも子どものことも忘れて、お力ひとりに、命までやるつもりなんですか、あなたって人は、ほんとに、あさましい、なさけない、むごい人だ」

ことばは途切れて、あとはつづかない。お初はうらめしそうにただ泣くのである。

二人ともだまりこくっている。狭い家の中がますますうら寂しく感じられる。日も暮れていく。空も暗くなっていく。家の中はまして薄暗くなっていく。お初はたちあがってあかりをともした。蚊遣りをいぶした。やりばのない思いで、外をながめた。そこへ太吉が、うれしそうに走って帰ってきた。大きな袋を両手にかかえている。

「おかあちゃんおかあちゃん、こんなものもらった」

ニコニコしながらかけこんできて、母親にあけて見せたのは、新開の日の出屋のカステラである。

「おや、こんないいお菓子をだれにもらったの、よくお礼をいったかい」

「うん、よくおじぎしてもらってきた、これは菊の井の鬼ねえさんがくれたの」

と子どもがいった。お初は、顔色を変えた。

「なんて、まあ、いけずうずうしい、あたしたちにこんなみじめな思いをさせて、まだいじめ方が足りないっていうのか、子どもをだしに使って父親の心を動かそうなんて、何といってよこしたの」

「表通りのにぎやかなところであそんでたら、どこかのおじさんといっしょにきて、お菓子をかってやるからおいでといったの、おいらはいらないといったんだけど、だっこしてつれてって、かってくれた、たべちゃだめ？」

さすがに子どもは親のきもちをはかりかねている。母親の顔をのぞきこんでためらっている。

「いくら小さいからっていったって、何てわけのわかんない子なんだろうね、あの姉さんは鬼じゃないか、父さんをなまけものにした鬼じゃないか、おまえのきもののなくなったのも、おまえのおうちのなくなったのも、みんなあの鬼がしたことじゃないか、食いついてやったってたりない鬼に、お菓子をもらってきて、たべちゃだめかなんて、きくだけでもなさけないよ、ああ、もう、きたない、きたならしい、こんな菓子、うちへおいとくのも腹がたつ、捨ててしまいな、捨てるんだよ、おまえは惜しくて捨てられないのか、このばかやろう」

ののしりながら、お初は袋をつかんで裏の空き地へほうり投げた。紙がやぶれて、菓子がころげ出て、竹の垣根のむこうに、どぶの中に落ちてしまった。

源七はむくりとおきあがって、

「お初」

と一声どなりつけた。

「なにかご用」

お初はふりむこうともしない。その横顔を源七はにらんで、

「人を馬鹿にするのもいい加減にしろ、だまってればいい気になりやがって、今の悪口雑言《あっこうぞうごん》はいったいなんだ、知った人なら菓子くらい子どもにくれてあた

りまえだ、もらって何がわるい、馬鹿野郎よばわりは太吉にかこつけておれへのあてこすりかよ、子どもにむかって父親の悪口をいう女房がどこにいる、お力が鬼ならおまえは魔王だ、商売女が客をだますのは今にはじまったことじゃないが、女房が亭主にふてくされて、ただですむと思うな、土方をしようが車をひこうが、亭主は亭主だ、おまえみたいなやつを家におくのはもうごめんだ、どこへでも出てゆけ、出てゆけ、くそおもしろくもない」

お初はおろおろして、「そんなあなた、むりなこと、あんまりひどい、考えすぎだ、なんであなたにあてつけるんです、この子があんまりわからないのと、お力のしうちが憎いのとで、つい口に出していったことを、そんなふうに悪くとって、出ていけなんて、あんまりひどい、この家のためを思うから、あなたの気にいらないこともいうんです、出ていくくらいならこんな貧乏所帯で苦労なんかしてやしません」

「貧乏所帯がいやなら、勝手にどこでも出ていってもらおう、おまえがいなくたって乞食になるわけでもないし、太吉が手足をのばして寝られないわけでもないや、明けても暮れても、口をひらけばおれへの文句かお力への妬みだ、つくづく聞きあきてもういやになった、貴様が出ていかないんなら、どっちみち同じことだ、こんな惜しくもないぼろ屋、おれがぼうずをつれておん出てやる、それならおまえも充分にがなりたてられて都合がいいだろう、さあ貴様が行くか、おれが出るか」と源七ははげしくいいつのった。

「そんならほんとうにあたしを離縁する気ですか」

「あたりまえだ」

いつもの源七ではないようである。

お初は、くやしく、悲しく、情けなく、口もきけないほどこみあげてくる涙をのみこんで、「あたしがわるかったんです、かんにんしてください、お力が親切でくれたものを捨ててしまったのはほんとにあたしがわるかったんです、たしかに、お力を鬼といったからには、あたしは魔王かもしれません、もういいません、ええ、もういいません、けっしてこんご、お力のことはとやかくいいません、陰口もたたきませんから、離縁だけはかんにんしてください、あなたも知ってるとおり、あたしには親もないし兄弟もないし、差配《さはい》のおじさんを仲人がわり里がわりにしてよめにきたんですから、離縁されたっていくところがないんです、どうかかんにんしてここにおいてください、あたしのことは憎くてもどうかこの子に免じて、ゆるしてください、あやまります」と手をついて泣くのである。

「いやどうしても出ていけ」

そういったきり、源七はもうものをいわない。壁にむかってだまりこくって、お初のいうことを聞こうともしない。むかしはこんなにじゃけんな人じゃなかったのにとお初は思うのである。女にたましいを奪われるとこんなにまであさましくなるものか、女房を泣かせるだけじゃない、かわいい子どもだってへいきで飢え死にさせるかもしれない、今自分がわびたところで、この先どうしたってやっていかれるものじゃないと、とうとうお初も覚悟をきめた。

太吉、太吉とお初は子どもをそばへ呼んで、「おまえはおとうさんとおかあさんと、どっちがいいの、いってごらん」

「おいら、おとうちゃんはきらい、なんにも買ってくれないもの」と子どもはまっ正直にいった。

「そんならかあさんの行くとこへ、どこへでもいっしょに来るつもりだね」

「うん行くよ」

　子どもはなんにも考えていないのである。

「あなたききましたか、太吉はあたしについてくるといってる、男の子だからあなたも欲しいでしょうが、この子はあなたのところに残しておけない、どこまでもあたしがもらってつれていきます、いいですか、もらいますよ」

「勝手にしろ、子どもも何もいらない、つれていきたかったらどこへでもつれていけ、家も道具も何もいらない、どうなりともしてくれ」

　源七は寝ころがったまま、ふりむきもしない。

「まったく、家も道具もないくせに、勝手にしろもないもんだ、これから身ひとつになって、道楽でもなんでも、やりたい放題やるんですね、もういくらこの子をほしいといったって、返すわけにはいきませんよ、返しませんよ」

お初は押し入れの中をかきまわして、小さい風呂敷づつみを取り出した。

「この子の寝間着のあわせ、はらがけと三尺だけもらっていきます、お酒の上でのことじゃないから、さめてから考えなおすってこともないでしょうけど、あなた、よく考えてみてくださいい、どんなに貧しくとも二親そろった子は長者の暮らしっていいますよ、今別れたら片親になるんです、何につけてもふびんなのはこの子ですよ、いいえ、どうせ、はらわたのくさった人には、子どものかわいさなんてわからないんでしょうよ、さあ、もうお別れします」

風呂敷づつみをもってお初は外に出た。

「早くいっちまえ」

いいすてて、源七は、呼びかえしもしなかった。

八

魂《たま》祭りもすぎて数日たった。まだ盆提灯《ぼんぢょうちん》の影もうすら寂しく残っているころ、新開の町を出た棺が二つあった。ひとつは駕籠で、ひとつは人にかつがれて出ていった。駕籠の方は、菊の井の隠居処から、ひっそりと出ていった。

大通りにあつまってきた人々の、声をひそめて話しているのをきけば、「あの子もとんだ運のわるい子だ、つまらないやつにみこまれてかわいそうなことをした」というのもあれば、「いやあれは得心ずくだってはなしですよ、あの日の夕暮れ、お寺の山で二人立ち話をしてたのを見たのもいるんだから、女の方も、のぼせあがっていた男のことだし、義理にせまられてやったんでしょうな」というのもある。「なんの、あんな女が義理はりを知ってるもんか、お風呂屋の帰りに男に会って、さすがにふりきって逃げるわけもいかずに、いっしょに歩いて話はしていたんだろうけど、斬られたのは後ろからすぱっと袈裟《けさ》斬りだ、ほお先のかすり傷や首すじのつき傷や、いろいろあったらしいけど、たしかに逃げるところをやられたにちがいない、それにひきかえ、男の方はみごとな切腹だ、ふとん屋だったころはたいした男と思わなかったが、あれこそ死に花だなあ、なんだか立派に見えた」というのもある。「なにしろ菊の井は大損だ、あの子にはけっこうなだんながついたはずだ、取りにがして、そりゃ残念だった」と冗談でかたづけてしまうのもある。

諸説はみだれて、たしかなことはわからない。わからないが、あるいは、恨みの残る死ではなかったか。人魂《ひとだま》のような、すじをひいて光るものが、お寺の山という小高いところから、ときどき飛ぶのを見たものがあるというはなしである。

この子

［訳・伊藤比呂美］

口に出してあたしが、わが子がかわいいなんていったら、きっと大笑いされますね、ええ、だれだって、わが子が憎いなんてことはありません、とりたてて何もこう、自分ばかりみごとな実を持ってるように、とくいになっていうなんておかしいかしら、おかしいかもね、だからあたしは口に出して、そんなおおげさなことはいいません、でも心の中ではほんとうにほんとうに、かわいいとかにくたらしいとか、そんなものじゃないんです、手をあわせておがまんばかりに、ありがたいと思っているんです。

あたしのこの子は、いわば、あたしの守り神で、こんなかわいい笑顔をして、無心にあそんでますけれど、この無心の笑顔があたしに教えてくれたことの大きさといったら、口で残らずいいつくすことができません、学校で読んだ本や、先生から教わったさまざまなことも、それは、たしかにタメになったたし、ことあるごとに思い出して、ああだった、こうだったといちいちふりかえってみることができますけれど、この子の笑顔のように、直接に、まのあたりに、駆け出す足をとめたり、狂う心をしずめたりしてくれたものはありません、この子が無心に、小豆枕をして、両手を肩のそばに投げだして、ねいっているときのその顔というものは、えらい学者が頭の上から大声でむずかしいことを教えてくれるのとはちがって、心の底のほんとに底から、わきだすように涙がこぼれて、いくら剛情で我の強いあたしでも、子どもなんてちっともかわいくありませんと、強がりはいえませんでした。

昨年の暮れ、おしつまってから産声をあげて、はじめてこの赤い顔を見せてくれたとき、あたしはまだそのころ、宇宙に迷ってるような気持ちでいたものですから、今思うと情けないのですが、ああなぜ丈夫で産まれてくれたんだろう、この子さえ死んでくれれば、あたしは産後すぐにでも実家へ帰ってしまうのに、こんな主人のそばなんかにいっときもいやしないのに、なぜまあ丈夫で産まれてくれたんだろう、いやだ、いやだ、どうしてもこの縁につながれて、これから長い人生を光もない中に暮らしていくのかしら、いやな日常、情けない人生、とこのようなことを思って、人はおめでとうといってくれるのに、あたしは少しもうれしいとは思わず、ただ、ただ、生きてるっていうことがしだいにつまらなくなっていく、それだけが悲しくてたまらなかったのです。

それでも、あのころのあたしの立場にほかの人をおいてごらんなさい、どんなあきらめのいいさとった人にしたって、ぜったい、この世っていうのはつまらないおもしろくないもので、ほんとに残酷で情けなくて、天の神さまはなにかまちがってるっていうと思うんです、それってあたしが生意気だからそう思ってるんじゃありません、ぜったい、きっと、どんな人の口からも、もれずにはいないだろうと思うんです、あたしは自分に少しもわるいことはない、まちがったことはしていないと信じていましたから、すべての衝突を主人のきもち次第で起こることとして、むちゃくちゃ主人を恨みました。またそういう主人をわざと見立ててあたしの一生を苦しませてくれるのかと思うと、実家の親、まあ親です、ほんとは恩のある伯父なんですけれども、その人のことも恨めしいと思いますし、第一、あたしは今まで罪をおかしたこともない、ここへだって人のいいなりになっておとなしく嫁にきただけなのに、こんな運命をあたしにあたえて、まるで盲者を谷へつき落とすようにあたしをつき落とした、神様というのですか何ですか、その方が実に実にうらめしい、だからこの世はいやなものと、こう、思いこんでいました。

負けん気というのはいいことで、それでなくてはむずかしいことをやりとげることはできない、ぐにゃぐにゃとやわらかい根性ばかりじゃ人間だかナマコだかわからないという人もいますけれども、時と場合によりけりで、のべつに勝ち気をふりまわしてもだめなんです、その中でも女の勝ち気っていうのは、心の中につつみ隠しておいたらいいんでしょうけど、あたしみたいな、表にばんばん感情を出してしまう負けずぎらいは、人がみたら、あさましく見えるかもしれません、つまらない妻を持ったものだという思いは夫の方にかえって多くあったかもしれません、でも、あたしにはそのとき自分をかえりみる余裕がなかったんです、夫の心をそんなふうに察することもできなかったんです、夫がいやな顔をすればそれがすぐこっちの気にさわりますし、小言のひとつもいわれようものならあたしは火のようになって腹をたてて、口ごたえはしませんでしたが、ものをいわなくなりものを食べなくなり、ずいぶん女中たちにもやつあたりして、一日床をしいてねていたことも一度や二度じゃありません、あたしは泣き虫ですから、強情なとこを見せるわりには、ふがいないほど、ふとんにくいつくみたいにして泣きました、ただ、ただ、くやし涙です、あたしの勝ち気が流させる、理由もないくやし涙です。

嫁にきたのは三年前、当座はごく仲もよかったし、双方に苦情はなかったんですけれど、馴れるというのは、いいこととみたいなわるいことで、おたがいわがままの生地が出てきます、いろんな欲がわいて出てくるにつれて出てきますから、それはそれは不足だらけで、それにあたしが生意気なものですから、ついつい、出しゃばって、主人が外でしていることにまで口を出して、どうもあなたはあたしに隠しだてをして家の外のことはなんにもきかせてくれない、それはへだて心ですといって文句をいいますと、なにそんな水臭いことはしない、なにもかも話してきかせてるじゃないかといって、相手にせずに笑っているのです、なにか隠してるのはありありとみえすいていますし、さああたしの心はたまりません、ひとつを疑い出すと十も二十も疑わしくなって、朝に晩に、ほらまたあんな嘘をと思うようになって、そうなるとなんだかおかしなぐあいにこんぐらかって、どうしても上手にすっきりとものごとを考えることができなくなって、今思ってみると、なるほど隠しだてもしていたでしょう、こちらは女ですから、口はかるいかもしれませんから、仕事のことを話してきかせるわけにもいきません、げんに今だって主人が隠していることはおびただしくあります、それは承知で、たしかに隠していると知っていますけれども、今は少しも気になりません、なるほどこういうふうに、話をきかせてくれなくてよかったんです、あんなにあたしが泣いて文句をいっても取りあってくれなかったのは主人の意志が固かったので、あのころのような軽はずみなあたしに、もし仕事のことでも話してきかせていたら、どんなつまらないことをしでかしたか、それでなくても、ずいぶん、あたしの手元にまで、出入りの者の手を借りたりして、へんなおつかいものをよこす人がいます、こういう事情でひどく難儀しておりますとか、この裁判の判決しだいで生死の分かれ目になりますとかいって、原告だの被告だの、そういう人が頼みこんできたことも多くありましたけど、それをあたしが一切受けつけなかったのは、山口昇という裁判官の妻として公明正大に断ったのではなくって、家庭がもめているからそんなことをいいだす余地もなく、なまじ主人にいっておもしろくない返事をされるよりは黙っていた方がよっぽどしゃれてるというていどの考えだったからで、さいわいにわいろなんか受けとらないですみましたけど、主人とあたしの心のギャップはしだいに大きくなるばっかりで、あいだにかかる雲や霧もしだいに深くなって、おたがい相手の心の中もわからなくなってしまいました、今思えばそれはあたしからしむけたので、あたしの態度がわるかったのにちがいなく、主人の心を、いつとはなしにぐれさせたのは、あたしの心のもち方がいけなかったのだと、今ではつくづく後悔しています。

ものすごく仲のわるかったときは、二人ともほんとにちぐはぐで、主人が外に行くときにも、あたしが行き先をきいたこともなければ、主人が行き先をいおいていくこともない、留守中によそからおつかいがきても、どんな急用でも封を切ったことがなく、受け取りのハンコいっこで追い払って、ただぽーんとほうりなげておいたものですから、まるで妻とは名ばかりのデクノボーがお留守番をしているよう、主人はもちろんとてもおこって、はじめは小言をいったり、さとしたりしてましたけど、あたしがあんまりがんこで、主人の隠しだてするというのをたてにとって、ちょっとやそっとの優しいことばなんかじゃ動きそうにないくらいスネぬいていたので、主人はあきれて、とうとうあきらめてしまって、まだ家庭の中でいいあらそいをしてるうちはいいんですが、ものもいわずににらみあうようになっては、もう、家庭というものが、屋根があって、天井があって、壁があるというばかり、野宿してるような感じ、朝に起きるたびに夜露にぬれそぼってるような気さえして、つめたくて、なさけなくて、こぼれた涙が凍らなかったのがふしぎなほどです。

思えば人は自分勝手なもので、いいときには何も思い出したりしませんけれど、苦しかったりつらかったりというときにかぎって、以前あったことか、これからのことについてか、すてきな、はなやかな、楽しいことばかり夢みたいに考えて、そういうことを考えれば考えるほど、現在の状態がいやで、いやで、たまらない、どうにかしてここからのがれたい、このきずなを断ち切りたい、ここからとき放たれさえしたら、どんな美しいいいところへ出られるかと、そういうことをつい考えます、あたしも考えました、夢みたいに、夢にうかれて、こんな不運でおわるのがあたしの運命のはずがない、ここへ嫁入りする前、まだ小室の養女の実子だったときに、いろんな人が世話をしてくれて、いろんな結婚話をもちこんでくれたことなんかも思い出されて、中には海軍の潮田さんというりっぱな方もいたし、一時はお医者さまの細井さんというハンサムな方にきまりかかったのに、どういうわけか主人のようなダンマリやさんと結婚しちゃったのは、これはきっと一時のまちがいにちがいない、こんなまちがいをこのままにして、意味のない一生を送るなんて、ほんとうに情けないと思えてきて、あたし自身の考え方を直そうとはしないで、人のことばかり恨めしく思えるんです。

そんなつまらないことを考えながら、つまらないことしかしない妻にたいしては、どんなすてきな人だって、愛情のあふれたきもちで向かいあったりできませんよね、主人が仕事から帰ってくる、出迎えだけはします、それはするものと思いこんでましたから、でも、顔をあわせてうちとけたなごやかな話なんてちっともしません、怒るなら怒ってください、なんでもご随意にどうぞと木で鼻をくくるようなそぶりをしてますから、主人もこらえかねて、ぷいと立って家を出ていってしまう、行き先はいつだって商売女のいるような、ご神燈の下がってるようなところとか、待合の小座敷とか、あたしときたらまたそれをくやしがって、恨みぬきましたけれども、ほんとのところ、あたしのご機嫌の取り方がわるいから、主人は家の中が不愉快でいたたまれなくなって、あそびに出ていくわけですから、あたしが主人を、放蕩ものにしたてあげてしまったのです、主人はみごとに家にいつかない道楽ものになってしまったわけです。

主人だって、金持ちのむすこが芸人たちにおだてられて、われをわすれて浮かれ立ってあそぶのとはわけがちがって、心底おもしろくあそんでいたのではないと思います、いわば、癇癪をおさえて、うさばらしというようなわけで、お酒を飲んでも快く酔うわけではなく、いつもあおざめた顔をして、いつもひたいに青い筋がうきでていました。

　ものをいう声がつっけんどんでとげとげしくって、ちょっとしたことにも女中たちを叱りとばして、わたしの顔を横目でにらんで、小言はあまりいわないんですが、その気むずかしいことといったら、いまの主人の顔の柔和なところなんてちっともなく、おそろしい、すごい、にくにくしい顔つき、そのそばにあたしが憤怒の形相でひかえているんですから、召使はたまりません、だいたい月に二人ずつは女中がかわりまして、そのつど、ものはなくなるわ、ものはこわれるわ、損害もおびただしくって、どうすればこんなに不人情のものばかり寄りあつまれるのか、世間全体がこんなに不人情なものか、それともあたし一人をなげかせようというので、あたしの周囲の人間はことごとく不人情になるんだろうか、右をむいても左をむいてもたのもしい顔をしているのは一人もない、ああいやなことだとすてばちになりまして、他人に愛想よくしようなんてきもちもなく、主人の同僚が来たって、おもてなしなんて主人のさしずのないかぎりはなにもしたことがなく、座敷へは女中ばかり出して、あたしは歯がいたいの頭痛がするのといって、お客がいてもいなくってもちっともかわらない勝手きままをして、呼ばれたって返事をするでもなく、ああいうところを他人はどう見ていたのかしら、きっと山口は百年の不作だとかいわれて、妻というものの風上にもおけない女だなんていわれていたんだろうと思います。

あのころ主人が離婚するとひとことといったら最後、あたしはきっと何の考えもなしに同意して、自分のわるいのは棚にあげて、あたしの人生を、こんなふうに、不運な、なさけない、口惜しいものと、天の神さまがきめたのなら、もうどうでもいい、何なりとしてください、あたしはあたしのすきに行動してやる、運がもっと悪くなるもんなら悪くなればいいんだわ、万一よくなればそれこそもうけものというようなめちゃくちゃな論理でもって、そしたらいまごろあたしはどんなふうになっていましたか、思えば身震いがします、よく主人は思い切った離婚沙汰にもちこまないで、あたしのことをそのままにしておいてくれたと思います、それはもしかしたら、主人があたしのことを憎むあまりに、生やさしい離婚なんかするよりは、いつまでも檻の中においで苦しませてやれという考えだったのかもしれません、そのへんはよくわかりません、でも、今ではあたしはなにごとの恨みもない、主人にたいしてなにごとのうらみもない、あのように苦しませてもらったから、今日の楽しみが楽しいので、あたしがいくらかもののわかるようになったのも、ああいう経験をしたからでしょう、それを思うと、あたしには敵というのは一人もなくて、あのそそくさとしてこまっしゃくれて世間へあたしのあらを吹聴してあるいた小間使いのハヤも、口答えばかりして役たたずだったご飯炊きのカツも、みんなあたしの恩人といっていいんです、今こんなにいい女中ばかり集まって、ここの奥様くらい人づかいのいい方はないと、嘘だっていいからいい評判をたてられるのは、あの人たちの不奉公をあたしの心の反射だとさとったからのこと、世間には、あてもなく人を苦しめる悪党もなければ、神さまだって、頭のさきから足のさきまで悪いことなんかしてない人をまさか不幸な目にあわせることなんかしないと思うんです、なぜならばあたしみたいに、なにもかもまちがった考えでこりかたまってしまって、なにひとつとりえがなくっても、ほんとうにわるい心で犯した罪がないからこそ、ほら、こんなかわいらしい、美しいこのぼうやを、たしかにさずけてくださったんです。

このぼうやの産まれてこようというとき、あたしはまだ霧につつまれぬいていたんです、霧は、産まれてからあとも容易には晴れそうにもなかったんです、けれども、かわいい、いとしいということは、産声をあげたときからなんとなく身にしみて、あたしだっていろいろ負け惜しみもいいますけれど、だれかがそっくりこの子を持っていくとでもなったら、あたしは剛情をきっぱりすててこの子にとりすがって、この子はだれにも指いっぽんさわらせない、これはあたしのものだと抱きしめたでしょう。

主人の思いも、あたしの思いも、同じであるということは、この子がそもそも教えてくれたのでした、あたしがこの子を抱きしめて、ぼうやはパパのものじゃない、ママ一人のものよ、ママがどこへいくにしろ、ぼうやをおいていったりぜったいにしない、ぼうやはママのものよといってほっぺにキスをしますと、なんともいえない、とろけるような笑顔をして、ニコニコするようすのかわいいこと、とてもとても主人のようなじゃけんな人の子どもじゃない、これはあたし一人のものだときめていますと、主人が外から帰ってきて、あの不愉快そうな顔つきでこの子の枕もとへすわって、おぼつかない手つきで風車をたててみせたり、ガラガラをふってみせたりしながら、ふと、いうんです、うちの中でおれをなぐさめてくれるのはぼうや一人だと、そうしてあの髭もじゃの顔をすりよせるから、泣くかしら、こわがるかしらと見ていますと、この子は、いかにもうれしそうな顔をして、ニコニコと、あたしに見せたとおりの笑い顔を見せるじゃありませんか、あるとき主人は髭をひねりながら、おまえもこの子がかわいいのかといいました、あたりまえですとつんとしていますと、そういうおまえもかわいいじゃないかと、いつにもなくおどけたことをいって、大きな声でたからかに笑った、その顔が、この子のおもざしに、血はあらそえないと思うほど似たところがありました、あたしはこの子がかわいいんですもの、どうして主人を憎みとおせるでしょう、あたしがよくすれば主人もよくしてくれます、三つ子に浅瀬《あさせ》というたとえがありますが、あたしの身の一生を教えたのは、まだものをいわない赤ん坊でした。

裏紫［訳・伊藤比呂美］

夕暮れの店先に郵便配達が投げこんでいったのは、女文字の手紙が一通、あたし、それを炬燵《こたつ》の間のランプの光で読んでしまって、くるくる巻いて帯の間へすっとおさめた。そして、そわそわして、何か気がかりでたまらない、それはもうただごとじゃなく気がかりであるというようすをしてみせたら、いくらおっとりした夫でも気がついて、どうしたんだいと声をかけてきた。

いいえ、たいしたことじゃないのよ、あの、仲町の姉がね、何か心配ごとがあるんですって、あの、こっちから行けばいいんだけど夫がやかましくって家を出してくれないから、暗くなったら帰りはちゃんと送らせるから東二郎さんにお願いして、ちょっと来てくれないかって、待ってるからって、そういってきたのよ、また継娘《ままむすめ》ともめたのかしら、まったく、ああいう人だからちっとも口に出せないで、ただくよくよくよくよ気をもんでるだけなのがあの人の性分なんだから困っちゃうわ、ときゃらきゃらと笑ってみせた。

いやはや気の毒に、と夫は太い眉をよせて、おまえにすればたった一人のきょうだいなんだから、どんなことでも相談にのってやらなくちゃいけないものなあ、そんな笑いごとじゃすまないだろう、どんな相談があるのか、行ってみたらいいじゃないか、女ってのは心配性だから、今ごろはいらいら待ってて、一時だって十年みたいに思ってるかもしれないよ、なかなか来ないのをおれのせいにされて恨まれてもつまらない、今夜はかくべつ用もないし、早く行って話をきいてやるといいよ、ねえ、そうしなよ、とあたしには甘い夫、そのあたしの一人っきりの姉のことだし、こっちから願い出しもしないうちに、すんなりと許可が出た。

飛び立つほど、うれしい。でもあたしはそれを色にも見せない。そんなら行ってこようかしら、と不承不承に着替えをはじめた。

そんなつめたいことといってないで早く行ってやりなよ、あっちはどれほど待ってるかしれやしないんだから、と何も知らない、うちの、ほとけの旦那がせきたててくれた。あたし、もう、心は鬼だ、でも顔があからむのを感じた。胸には動悸が高鳴った。

　糸織《いとおり》の小袖《こそで》を重ねて、縮緬《ちりめん》の羽織を着て、御高祖頭巾《おこそずきん》をかぶった。あたし、背が高いから、角袖外套《かくそでがいとう》もよく似合う。それで夜風の冷たいのもだいじょうぶだ。じゃ行ってきますと店口で駒下駄をそろえさせながら、太吉、太吉、と小僧の背を人さし指の先でつついて、あんたいねむりなんかしてないで店のものをちょろまかされないようにしてちょうだいよ、あたしの帰りが遅かったらかまわずに戸をおろすのよ、あんかにあたるんならいつまでもふとんの中に入れておいちゃだめだよ、おさんは台所の火のもとに気をつけてね、旦那さまの枕もとにいつもどおり湯わかしと煙草盆《たばこぼん》、忘れないようにして、旦那さまが困らないようにしてちょうだいよ、なるったけ早く帰るから、とあたしがガラス戸をあけて出ようとしたとき、あたしには甘い夫が甘ったるくも、車をよんでやらないか、あんなとこまで歩いていけるはずがないんだから、と優しいことをいってくれた。いやねあなた、商人の女房が店から車に乗って出かけるなんてぜいたくじゃないの、そこらの街角から適当に値切って乗っていくわよ、これでも勘定は知ってるのよ、とあたし、可愛らしい声で笑って答えた。またそんな所帯じみたことを、と夫がうれしそうな顔をするのをあたし見ないようにして、表へ出て、空をみあげてほっと、あたしは息をついた。なんだか、きゅうに落ちこむのが自分でもわかった。

どこのお姉さんから手紙が来るものか、まっかな嘘をと、あたし、どうしてもうちをふり返らずにはいられない。あの人ったら、何も知らないで、こころよくあたしを送り出してくれた。もったいない。ああいう毒のない、人をうたがうきもちなんて露ほども持ってない心のきれいな人を、よくも、よくも、舌先三寸にだましつづけて、こんな、いけないことをやりたいほうだい、これが人の妻のすることか。いいえ、いいえ。こんなことをするなんて、人間としたって女としたって、最低の最低、法も道理も無茶苦茶の、人でなしじゃなくちゃ、こんなことはできないはずだ。あの人ときたら、あたしがよその男と会ってるなんて、ぜんぜん、天にも地にもそんなことありえない、みたいに思って、あたしをいとしく思って、あたしのことになると、自分のことなんかちっともかまわずに、いうことをきいてくれる。ありがたい。うれしい。でもおそろしい。あんまりもったいなくて涙がこぼれる。こんな夫を持ってるのに、何が不足であたしは、剣の刃渡りするようなあぶないことをやってるのかしら。あの、人のいい仲町のお姉さんまで利用して、三方四方嘘でかためて、それで、この足は、まあ、どこへ向く。あたしは悪党だ。あたしは人でなしだ。あたしのやってることは、浮気というのか不倫というのか。きっとまちがっている。こんなことやっててていいわけがない。

あたしは辻に立ちつくしたまま、歩きだす気もおこらない。うちを出て横町の角二つをまがった。もううちの軒は見えない。わかってるのに、ふりかえって見た。そしたら、熱い涙がはらはらこぼれた。

夫の名前は小松原東二郎、西洋小間物の店を持っているけど、そんなのは名ばかりで、ほんとうはありあまる身代《しんだい》を蔵の中にねかして、現実の世わたりのことはなんにも知らない、おっとりした、人のいいだけの男である。あたしはその夫に惚れられてここに嫁に来た。自分でいうのもなんだけど、あたしは目端がきいて、家の奥向きも商売も、なにもかもうまくこなす。あたしの目つきひとつで夫も機嫌をなおす。あたしの口さきひとつでお客さまも来てくれる。年も若いのによくできた奥さんだと人からもほめられる。そのあたしが裏で何をやってるか、他人は知らないこととたかをくくっていても、夫の優しさが、あたしにむかって、まつわりついてくるような気がする。

あたしはまだ道ばたに立ちすくんだままだ。

行くのはよそうか。よした方がいいだろうか。いっそ思い切りよくあきらめて、行くのをよしてしまおうか。今日までの罪は今日までの罪と考える。そして今から心をあらためる。そしたら、あの人だってそんなに未練なことはいわないと思う。おたがいに清い交際にもどる。そして人に知られないうちにきれいさっぱりこの汚れをすすいでしまう。その方がこれから後のあの人のためだし、あたしのためでもある。いくら焦がれてつきまとったところで、晴れていっしょになれるわけでもない。いとしい人に不義の名を着せて、少しでもこんなことが世間に知れたらどうなるか。あたしはともかく、あの人はこれから出世をする人だ。あの人の一生をまっ暗闇につきおとして、それであたしはいいと思えるのか。いいえそんなこと。とんでもない。おそろしい。いったい何のつもりで、あたしは会いに出てきたのかしら。たとえ手紙が千通来たって、あたしが行かなければなにもおこらない。問題はない。おたがい傷にはならないと思う。もうすっぱりと、思い切って、帰る。帰る。あたしは帰る。ええ、もう、あたしはやめた。

それで、引き返そうとした。駒下駄の音が路上にひびいた。そのとたん、夜風があたしの、身にしみた。夢のような考えは、ふっと吹きやぶられた。

いいえあたしは、そんな気弱さにひきずられてどうする。最初あの家に嫁入りするときから、東二郎さんを夫と定めて行ったわけじゃない。形はそうなったって心はけっして東二郎さんなんかにあげないときめておいたのに、今さら何の義理をたてることがある。悪人だって不倫だって、あたし、かまわない。こんなあたしがいやなのだったら、東二郎さん、捨てればいいのよ。捨てられちゃえばかえって本望だ。あんな、昼あんどんを、旦那さまだご主人さまだとたてまつって吉岡さんと別れるなんて、たとえちょっとの間だって、どうして考えたのかしら。命がある限り、あたしは吉岡さんと会いとおしてやる。別れることなんかけっしてない。あたしが夫を持とうとあの人が奥さんを持とうと、あたしたちはずっとこのままって誓いあったんだもの。だれがどんなに優しくしてくれたって、ありがたいことをいってくれたって、あたしのほんとの夫は、吉岡さん以外にないんだもの。もう、あたしはなにも考えない。ぜったい考えない。

頭巾の上からしっかり耳をおさえて、あたし、五六歩駆けだした。

胸の動悸はいつしか消えている。とてもしずか。意識は冴えわたっている。

大つごもり

［訳・島田雅彦］

上

井戸は滑車つきで、綱の長さが二十二メートル、台所は北向きで、師走のからっ風がひゅうひゅう吹き抜け、あんまり寒くて、カマドの火加減見ながら暖を取れば取ったで、ずっとそうしていたわけでもないのに、一分が一時間になり、木片が大木になり、叱りとばされるんだわ、婢女《はしため》っていうのはね、私をここに紹介した婆さんがいうには、子供は男女合せて六人、いつも家にいるのは長男と末っ子の二人だけ、奥さんはちょっと気まぐれな人だが、要領さえよければどうってことはなく、つまりはおだてにのりやすい性質《たち》なので、あんたの出方ひとつで融通も効く、財産は町内一、その代わりケチでも町内一、幸い大旦那が甘いから、多少臨時の小遣いももらえるだろう、勤めが嫌になったら、私に葉書を一枚出しなさい、タラタラ書くことはない、別の働き口を探して欲しけりゃ、そうしてやるし、どのみちサービス業のコツは表と裏の使い分けだよ、というわけで、この人わかってるわと思ったけど、要は心の持ち方ひとつだし、またこの婆さんの世話にはなりたくないし、働くってことが大事なんだと思って努力すれば、気にも入られるだろうと覚悟を決めて、こんな鬼みたいな主人に仕えることになっちゃった、そう、最初に会ってから三日後、七歳になるお嬢ちゃんの踊りのおさらいが午後にあって、その支度で朝湯をわかして、磨いとけというういつけ、霜の立つ明け方に、奥さんが暖かい寝床の中から灰吹きをたたいて、ほらほらと呼ぶもんだから、目覚まし時計が鳴るよりびっくりして、二言目には帯を締めるより早くきびきびとたすきなんてかけたりして、井戸端に出てみれば、まだ月の光が流しに映っていて、肌を刺すような風の冷たさにさっきまでの夢見心地なんて吹き飛んじゃった、風呂は作りつけで大きくはないけど、いっぱいにするには、二つの手桶にあふれるほど水を汲んで十三回は入れなくちゃいけない、この寒いのに汗だくになって運んでるうち、歯がゆがんだ水仕事用の下駄の鼻緒がズルズルになって、指を浮かさないと履けなくなっちゃって、その下駄で重いものを持ったもんだから、足元がふらついて、流しの氷に足を滑らせて、すってんころりん、横に転んで、井戸の側面で向こうずねをいやっていうほどぶつけちゃった、なんてざま、雪も妬む白い肌に紫のあざが生々しくついちゃった、おまけに転んだ拍子に手桶を投げ出し、一つは無事だったけど、一つは底抜けになっちゃった、桶はいくらしたのか知らないけど、財産を失ったみたいな調子で奥さんは額に青筋を立てるわ、朝食の給仕の時もこっちを睨むわ、その日一日黙り通して、一日経ってからせこく、この家の品はタダではできません、主人の物だからといって粗末に扱っては罰が当りますよ、と説教されたうえ、来る客来る客にきのうの失敗を話すもんだから、乙女心は傷ついちゃって、何をするにも念を入れなくちゃと思ったら、失敗もなくなったわけ、世間には女をこき使う人は多いけれども、山村家ほど女が入れ替わる家もないだろう、月に二人はあたりまえ、三、四日で帰った者もいれば、一晩で逃げ出した者もいるだろう、女を使い始めてからの数を数えたら、折る指にあのかみさんの袖口もすり切れちまうだろうよ、それを思えばお峰は頑張り屋だ、あの子にひどい仕打ちをしたら、たちどころに天罰が下って、今後東京広しといえども、山村家で働く女はいなくなる、感心なもんだ、見事な心がけだ、と私を賞める人もいたけれど、男は大抵、それに美人だからいうことなし、といった。

秋からたった一人の伯父が病気で倒れ、商売の八百屋の店もたたんで、同じ町の裏屋住まいになったと聞いていたけど、気難しい主人に仕える身だし、まして給料前借りなんてしたら、この身を売ったも同然だし、なかなか見舞いに行きたいといい出せない、奥さんはお峰が使いに出たわずかの時間も時計とにらめっこをして所要時間と距離を厳しく計っているし、いっそ抜け駆けしてやろうとは思うものの、悪い評判は足が速くて、せっかく今まで辛抱してきたのが無駄になっちゃうし、クビになったらそれこそ病人の伯父に心配をかけちゃうし、細々暮す家族に一日でも厄介かけるのは気の毒だし、そのうちどうにかしようととりあえず、手紙を書き、仕方なく山村家で日々を送った。師走は世間をせわしなくするけど、娘たちは衣装を選り好みして着飾っている、というのもおととといから新作の芝居や狂言をやっていて、面白いらしいので、見逃したくないと娘たちが騒ぎ、十五日に見物に行くことになった、それも珍しく一家総出、本当はおともするのを喜ぶところだけど、父母を亡くしたあとは一人きりの身内が病の床にいるのに見舞いもせず、遊びに行くのも何だし、主人の機嫌損ねたらそれまでと思って、芝居見物を遠慮する代わりにお暇を下さいと頼んだら、日頃の行ないがいいので、一日おいて次の日、早く行って早く帰って来い、とお許しが出た、でも気まぐれを起こされちゃ敵わないから、ありがとうございますというが早いか、小石川はまだかまだかと車の上でイライラしてた。

初音町といえば上品そうだけど、世泣き鳥の住む貧乏町なの、正直安兵衛なんて人がいて、神が宿るその大やかんみたいなピカピカ頭を目印にして、田町から菊坂あたりにかけて、茄子や大根を売っていたんだけれども、少ない元手でやりくりする商売なので、安くて量の多いものばかり売って、船形の器に盛ったきゅうりや、わら包みの松茸なんてない、八百安の品は紙に描いたみたいにいつも同じだ、と笑われるけれど、お得意さんはありがたいもので、何とか親子三人の生計を立て、八歳になる息子三之助を貧民学校に通わせたりしていたんだけれども、にわかに風が身にしみる九月のある朝、神田で仕入れた荷を我が家にかつぎ入れるとそのまま、熱を出し、神経痛にやられた、それから三ケ月たった今まで商売はできない、生活も切りつめ、しまいには天秤まで売る羽目になり、店じまいするしかなくなった、人目を恥じてもいられず月五十銭の裏屋に、また店に戻るつもりで引っ越したんだけど、荷物なんて片手で充分、車に乗せたのは病人だけという惨めなありさまで、同じ町の隅に引っ込んだ、さて、お峰は車から下りて、伯父の住まいをそこここと尋ねているうち、凧や紙風船などを軒につるした子供相手の駄菓子屋の前に、三之助がいるかも知れないとのぞいてみたけれど、いないのでがっかりして思わず往来を見ると、反対側を痩せぎすの子どもが薬瓶を持って歩く後姿があって、三之助にしては背が高く痩せていると思ったが、見た目はそっくりで、駆け寄って顔をのぞき込むと、やあ、姉さん、というので、あら三ちゃんだったの、いいとこで会ったわ、といって、一緒に酒屋と焼芋屋の奥深く、溝《どぶ》板がガタガタする薄暗い路地裏に入ると、三之助は先に走って、父さん、母さん、姉さんを連れて帰ったよ、と門口から呼び立てた。

なにお峰が来たか、と安兵衛が起きると、妻は内職の手を休めて、まあまあこれは珍しい、と手を握らんばかりに喜んじゃって、中を見れば、六畳一間に戸棚が一つ、タンスや長持なんて最初からない家だけど、見慣れた長火鉢もない今戸焼の四角い入れ物を同じ形の箱に入れてあるものがあって、それが唯一の家財道具らしい、聞けば、米びつもない始末、それにしてもなんて悲しいの、師走の空の下芝居見物する人もいるのに、お峰は思わず涙がポロリ、風が寒いから横になっていてよ、と堅焼きせんべいみたいな蒲団を伯父の肩にかけ、さぞかしいろんな苦労をしたんでしょうね、伯母さんもやつれちゃって、伯母さんまで心労で病気になったりしないでね、それでも日増しによくなってるのかしら、手紙で様子は聞いてますけど、この目で確かめないことにはね、暇が出るのを待ってやっと来ましたけど、なあに住まいなんて二の次です、伯父さんが全快したら、また店を再開すればいいことでしょう、一日も早くよくなって、何かお見舞いをと思ったんですけど、けっこう遠いし、あわててたし、車もノロノロしてるように思えて、飴屋さんも見逃しちゃった、これ私の小遣いの残り、あちらの麴町のご親戚がうちに来た時、そこのお婆さんのリウマチが出て苦しんでたんで夜通し腰を揉んであげたら、エプロンでも買いなさいってくれたものなの、何だかだ山村家は堅い家だけど、よその人がよくしてくれるから、伯父さん喜んでね、勤めにくいわけじゃないから、このバッグもスカーフももらいもの、スカーフは私には地味だし、伯母さん使って、バッグはちょっと形を変えれば、三之助の弁当を入れるのに使えるし、で、学校には行ってるの、姉さんにノートを見せてごらん、と一気に喋った。七歳の時、父は得意先の蔵の普請のために足場を上って、中塗りのコテを持って、下にいる使用人にものをいいつけようと振り向いたとたん、暦は仏滅だったのか、馴れてるはずの足場から落ちて、運悪く模様替え中の敷石の角に頭をいやというほどぶつけ、はいそれまでよ、数え四十二歳の前厄だとあとになってみんな同情した、母は安兵衛の兄妹だから、母子二人そこに引き取られたけれども、二年後母がインフルエンザをこじらせて亡くなったあとは安兵衛夫婦を親と思って暮してきたこともあり、十八になる今日までの恩を忘れたことはないし、姉さんと呼ばれると、三之助は弟みたいにかわいい、こっちへおいでよ、と呼んで背中を撫でて顔をのぞいて、あんた父さんが病気で淋しくてつらいわよね、もうすぐお正月だし、姉さんが何か買ってあげる、だから母さんを困らせるんじゃないよ、と諭すと、伯父さんがいう、困らせるどころか、お峰聞いてくれよ、八歳にしちゃ大きいし、力もある、オレが寝込んでからは稼ぎ手はいないのに金だけ出ていく、うちが苦しいのを見かねて、干物屋の野郎と一緒にしじみを売り歩いて、野郎が八銭売れば、息子は十銭稼ぐ、奴の親孝行をお天道さんが見ているのかね、ともかく薬代は三が稼いでくれる、お峰ほめてやってくれ、と蒲団をかぶって涙声になっている、学校は大好きで、世話をやかせたことはないし、朝飯を食べるとさっさと出て行って三時の下校も寄り道もせず、自慢じゃないが、先生にほめられ、貧乏だからしじみを担がせて、この寒空に小さな足に草鞋《わらじ》をはかせる親心をわかっておくれ、と伯母も涙を流す、お峰は三之助を抱きしめて、あんたは本当に親孝行だね、体は大きくても八歳は八歳だ、天びん棒を担いで肩は痛くないかい、足に草鞋ずれはできないかい、ごめんね、きょうからここに帰ってきて伯父さんの世話をしながら暮しを助ける、知らなかったとはいえ、けさまでつるべの縄の氷を冷たがっていたなんて、学校に行ってる子にしじみを担がせて、姉が長い着物を着てられない、伯父さん、もう奉公はやめるから、一言いってよ、とつい泣きじゃくってしまった、三之助は大人みたいに、涙がこぼれるのを見られまいとうつ向いている、肩の縫い目が破れていて、そこに天びん棒を担いでいるんだと思ったら、つらくなる、安兵衛はお峰が暇を取るというので、それはもってのほかだよ、おまえの気持ちは嬉しいが、家に戻ったところで女の稼ぎはいくらにもならないし、第一先方には給料の前借りもしてる、それっといって帰れるもんじゃない、最初が肝腎なんだ、我慢できずに戻ったと思われちゃ駄目だ、主人を大事に思って働いてくれ、私の病気もいつまでも長引きはしない、少しよくなれば、気も張り、じきに商売もできるようになる、今年もあと半月だ、新年にはいいこともあるさ、何事も辛抱、三之助も辛抱してくれ、お峰もな、と涙をこらえる。珍しいお客なのにごちそうはできないけど、好物の今川焼や里芋の煮ころがし、たくさん食べて、といわれて嬉しくなる、苦労はかけまいと思うものの、みすみす大晦日を前にしての家の難儀に胸をつまらせるのは、病気のせいというより心配のため、そもそも病床についた時、田町の高利貸しから三ケ月後に返済の約束で十円借り、一円五十銭は天引きの利息で手にしたのは八円半、九月の末に借りて、今月は返済の期限だけど、こんな暮しぶりではどうにもならない、額をつき合せて相談する妻は、指から血を出しながら内職をしているが日に十銭の稼ぎにもならない、こんな話を三之助にしてもやっぱりどうにもならない、お峰の主人は白金台町に貸し長屋を持っていて、そこの家賃でいつもいい服を着ている、一度お峰に用があって門まで行ったことがあったが、千円出してもできないくらいの立派な土蔵があって、羨ましいかぎりの羽振りだったけれども、そこの主人にお峰は一年仕え、しかも気に入られたとあれば、多少の援助は期待できるかも知れない、今月末に借用証書の書き換えを泣きついて、おどり歩の一円五十銭を払えば、三月まで待ってもらえる、何だか欲張っているみたいだが、大道餅を買うなりしてでも正月三が日の雑煮の箸を持たせなかったら、世に出る前の三之助はみなし子も同然、晦日までに二円、主人に何とか都合してもらえないものか、いい出しにくいだろうが、と伯父がいい出すので、お峰はしばらく考えて、わかった、頼んでみる、金の都合が難しければ、給料を前借りさせてもらう、お金って外から見るのと、家内の事情は違うもんだけど、金額も少ないし、その程度のお金で万事うまくいくなら、わけを話して納得してもらう、それでもうまくやらなくちゃいけないから、きょうはもう帰るわ、今度暇がもらえるのは正月、その頃にはみんな笑顔でいたいわね、と金策を約束しちゃった。お金はどうやって受け取る？　三之助をもらいにやらせようか、うん、そうして、ふだんも忙しいのに大晦日となれば、ねえ、遠くてかわいそうだけど、三ちゃんを頼みます、昼前までに必ず用立てしとくから、と請け負って、お峰は帰った。

下

石之助という山村家の長男はほかの兄弟と母親が違うので、父親の愛も薄くて、この子は養子に出して家督は妹に譲ろうという計画を十年前に知って、彼としては面白くない、昔ならともかく、勘当なんてできないだろうと、思う存分遊びまくって継母を泣かしてやろうと、父親のことも忘れ、十五の春から不良をやっている、けっこうハンサムでニヒルで、冴えてそうな目をしてて、色黒だけどいい感じ、とまわりの女の子の噂になっていたけれども、粗暴で、品川の遊廓へも通ったが、騒ぐのはその場限り、夜中に車を飛ばして不良連中をたたき起こして、酒を買え、肴を買え、と財布をはたいて無茶するのが道楽だった、こんなのに相続させたら、石油タンクに火を入れるようなもんで、財産は煙みたいに消え、残された私たちは路頭に迷って、ほかの兄弟はかわいそう、と継母は父親や石之助をなじる、でもなあ、こんなドラ息子を養子にもらってくれるような人は世間にゃいないし、少し財産を分けてやって、隠居させちまおうと、内々に相談が決まっていたけれども、当人はうわの空で、その手にゃ乗らねえとばかり、分配金は一万、隠居の生活費を月々よこせ、オレの遊びに口出しするな、親父が死んだらオレが親代わりだ、神棚に供える松一本買うにも尊敬するこの兄上の許しをもらうのが筋ってもんだ、そのオレを追い出そうってんだから、この家のために働こうが働くまいが、こっちの勝手だ、それでもいいなら、いう通りにしてやるよ、と嫌がらせをいって困らせていたが、山村の家は去年より長屋も増え、儲けは倍になっただろう、と世間の噂から家の様子を知り、笑わせやがる、そんなに貯め込んで誰のものにしようってんだ、火事は灰皿から出るもんだ、跡取りと名のる火玉が転がってんだよ、ほらここにな、今に山村家の財産巻き上げて、おまえらにもいい正月迎えさせてやらあ、とハッタリかまして伊皿子町《いさらごまち》あたりの貧乏人どもを喜ばせ、大晦日に大酒を呑む場所まで決めている。

兄さんが帰ってきた、というと、妹たちは恐がって腫れ物扱いで、何でもいいなりになるので、奴は図に乗り、炬燵に両足突っ込み酔いざましの水もってこいと乱れに乱れる、憎たらしいと思うが、親子の腐れ縁、母親は叱言を呑み込み、風邪をひかないようどてらやら何やら持ってきて、枕まであてがって、あすの支度にごまめをむしり、人にやらせると粗末にするから、と枕元で聞こえよがしに節約をいいたてる。正午《ひる》近く、お峰は伯父との約束が心配になり、奥さんの機嫌を見はからう暇もなく、ちょっと手が空いた隙に頭にかぶった手拭いをとり、このあいだからお願いしている件ですが、こんな忙しい時に何ですが、きょうの昼過ぎに先方に持っていかないとまずいんです、お金を都合していただけると、伯父も幸い、私も嬉しく思います、ご恩は一生忘れませんから、と手をすりすり頼んでみた、最初このことを切り出した時、あやふやながら、つまりはいいだろうといった奥さんの言葉を頼りにして、気分屋の奥さんに下手に念を押してうるさがられまいと、きょうまでいわずに我慢していたけれど、伯父との約束はきょう大晦日の昼前、忘れてしまったのか何もいってくれないのが心配で、奥さんにはどうでもよくても、こっちはさし迫った身、いい出しにくいのを思い切っていっているのに、向うはびっくりしたような顔で、それは一体何のことかしら、そういえばあんたの伯父さんが病気で、借金があるとか聞いたけれど、こっちで立て替えようなんていわなかったはずよ、あんたの聞き違いじゃないの、私には全く覚えがないね、という、これがこの人の得意の手だったんだと気づいてもあとの祭。

花紅葉の柄も美しく仕立てた娘たちの春着の小袖を開げて、襟をそろえたり、褄を重ねたりして、一緒に眺めて楽しもうというのに邪魔者の兄の目がうるさく、早く出てゆけ、とっとと消えちゃえ、と思う気持ちを口にこそ出さないけれど、持ち前の癇癪は押さえ切れず、徳ある坊さんが見たら、炎に包まれて煙に体を巻かれて、心は狂乱のさなか、よりによって借金の話とは、さらに毒を盛るようなもの、請け合ったことは自分にも覚えがあるけど、いちいち構っちゃいられない、大方あんたの聞き違えでしょ、といい切って煙草をふかし、知らんぷり。

大金なもんか、たったの二円ぽっきり、自分の口で承知しておきながら、十日も経ってないのに耄碌したんじゃないでしょうね、ほら、あのかけ硯の引き出しには手つかずの札束があるじゃない、十円か二十円、全部とはいわない、せめて二枚！　それで伯父が喜び、伯母の笑顔が見られ、三之助に雑煮の箸も持たせてやれる、そう思ったらどうしてもあの金が欲しい、恨んでやる、悔しい、でも何もいえない日頃から大人しくしている身では理詰めでやり込める術もなく、すごすご台所に立つと、ちょうどそこへ正午の時報、こんな時はその音がズキッと響く。

お母さんはすぐ来て下さい、けさから陣痛が始まり、午後には生まれます、初産なので旦那さんはあたふたするばかりでどうにもなりません、手伝ってくれる老人もいないので大混乱です、今すぐ来て下さい、と生きるか死ぬかの初産で、西応寺に住む娘のところから迎えの車が来た、これればかりは大晦日だといって後まわしにはできず、かといって家には金もあり、放蕩息子も寝ている、行くべきか、残るべきか心は真っぷたつ、でも体は分けられず、娘を心配して車に乗ったものの、こんな時にのんびりしている夫が憎らしく、何もきょう沖釣りに行くこともないのに、と頼りにならない太公望を恨みながら、出て行った。

入れ違いに三之助が、ここだと聞いて白金台町の家を迷わず訪ねてくる、みすぼらしい自分の身なりを気にし、姉の体面も考えて、勝手口をこわごわのぞき込む。コンロの前で泣いていたお峰が誰か来たと、涙を拭いて見れば、三之助がいる、よく来たねともいえない、どうしよう、三之助は、姉さん入っても叱られない？　約束のものはもらって行けるの？　この家の人たちによく礼をいっといてって父さんにいわれたよ、と何も知らずに喜んでいる、お峰はその顔を見るのがつらい、まあちょっと待ってて、少し用があるから、と慌てて内と外を見回してみると、娘たちは庭で羽根つきに余念がなく、使用人はまだお使いから帰らない、お針は二階にいるけど、耳がないから大丈夫、若旦那はといえば、居間の炬燵で夢のまっ只中、お願い、神さま仏さま、私は悪人になります。なりたくはないけれど、ならなくちゃならないの。罰を当てるなら私一人にして、伯父や伯母は知らないでお金を使うんだから許してあげて、ごめんなさい、このお金盗ませて下さい、と前から見て知っていた硯の引き出しから、札束のうち二枚だけ引き抜いたら、あとは無我夢中、三之助にそれを渡して帰した一部始終を誰にも見られなかったと思ったのはバカだった!?

その日も暮れ近く、主人がご満悦で釣りから帰ると、奥さんも続いて帰宅、安産の喜びで送ってきた運転手にまで愛想よく、今夜こっちが片付いたら、また見舞いに行きます、あしたは早い時間に妹の誰か一人を手伝いに行かせるって伝えて下さいな、いやはや御苦労さまでした、とチップを渡し、やれやれ忙しい、誰か暇な人の体を半分借りたいわ、お峰、小松葉はゆでておいた？　数の子は洗った？　お父さんはお帰りになった？　若旦那は？　と最後の一言だけは小声で、まだと聞くと額に皺を寄せた。

石之助はその夜はおとなしく、新年の三ガ日くらいは家にいて、祝いたいところだが、ごらんの通り、締まりのない男だ、堅苦しく袴をはいた連中にあいさつするのは面倒だ、説教も聞き飽きた、親類には美人もいないので会う気も起きない、裏屋のダチと今夜約束もあるし、ひとまず帰るわ、いずれ機会を改めてもらいにくるけど、めでたいこともあったようだから、お歳暮にいくらもらえるかな、という、朝から寝込んで父の帰りを待っていたのは金策のためだったわけだ、子は三界の首枷なんていうけれども、放蕩息子を持った親は不幸だね、切っても切れない血の縁というのは、道楽のかぎりを尽して落ちるところまで落ちた子も知らんぷりできないってこと、世間体もあるし、惜しいと思いつつも蔵を開け、いくらかの金を遣るわけさ、それを見越して石之助は、今夜が制限の借金があってね、つい保証人になって判をついたはいいが、賭場が荒れてゴロツキどもにやるもんをやらないと納まりがつかなくてね、オレはともかく家の名に傷がつくからね、などと並べ立て、要するに金をくれというわけだ、母親はどうせそんなことだろうと思った通りで、いくらねだる気か、甘やかす旦那のやり方が歯痒いが、口では石之助には敵わないので、お峰を泣かせたけさとは違って、父親の顔色をうかがう横目は恐ろしい、父は静かに金庫の間へ立ち、やがて五十円の束を一つ持ってきて、これはおまえにやるんじゃないぞ、悪い噂でも立ったら、まだ嫁入り前の妹たちが迷惑するし、姉の夫の顔もつぶすことになる、この山村家は代々堅気の筋で、正直、律義を通してきたんだ、悪い噂なんて立てられたこともない、悪魔の生まれ変わりか、おまえみたいなワルが金に困って盗みを働きでもしたら、恥は一代にとどまらない、財産も大事だが、親兄弟に恥をかかせるな、おまえにいっても無駄だろうが、普通なら山村家の若旦那として、世間じゃ後ろ指もさされず、私の代わりに年始のあいさつ回りをして少しは助けてくれるもんだが、六十近い親を泣かせて罰あたりな奴だ、子供の頃は少しは本も読んだろう、なぜこんなことがわからないんだ、さあ行け、帰れ、何処へでも帰れ、この家に恥をかかせるな、と父はいい、奥に引っ込み、金は石之助の懐《ふところ》に入った。

母さん、ごきげんよう、よいお年を、それじゃ、とわざとらしくいい、お峰、下駄を直せ、玄関からだ、お帰りじゃない、お出かけだぞ、と図々しく大手を振って、何処へ行くつもりか、父の涙も一夜の乱痴気騒ぎで夢と消えるだろう、持っちゃならないドラ息子、持っちゃまずいよ、ドラを仕立てる継母、清めの塩こそまかないものの、ほうきで掃いて、若旦那退散を喜び、金は惜しいが見ているだけで腹が立つので、家にいないのが最高、どうすればあんなに図太くなれるのか、あの子を産んだ母さんの顔が見たい、と後妻は例によって毒舌を磨く。お峰はこんな出来事もうわの空で、犯した罪を恐れ、本当に私がやったんだろうか、と今さら夢みたいに思い出し、考えてみれば、いつかはバレることだわ、一万の中の一枚だって数えればすぐわかるのに、借りたいと願い出た額とピッタリの金が手近なとこからなくなったとなれば、私だって私をまっさきに疑う。調べられたらどうしよう、どういおう、いい逃れはもっと罪なこと、白状したら伯父さんにも迷惑がかかる、自分の罪は覚悟の上だけど、堅い伯父さんにまで濡れ衣を着せられたら、それを干せないのが貧乏人の弱みってもんだし、貧乏人は盗みもするなんて思われたりしちゃう、困った、どうしよう、伯父さんに傷がつかないよう、私が死んじゃえばいいんだ、でもどうやって、自然、目は奥さんの動きを追い掛け、心はかけ硯のもとへさまよう。

　この夜、大勘定といって、家にあるだけの金をまとめて決算することになり、奥さんはそういえば、と思い出して、屋根やの太郎に貸した金が返ってきて、それが二十円、かけ硯の中にあったんだ、お峰、それをここへ持っといで、と奥の間から呼ばれ、万事休す、こうなったら、御主人の目の前で、事の次第を話し、奥さんの無情をありのままいってのけよう、小細工はせず、正直さで自分を守って、逃げも隠れもせず、欲しいわけじゃなかったけど、盗みましたって白状しよう、伯父さんと共犯じゃないことだけははっきりさせて、聞き入れてもらえなかったらしようがないわ、その場で舌を噛み切って死ねば、命を張って本当のことをいったと思われるだろう、と覚悟を決めたけど、奥の間へ行く心は屠殺場に向う羊も同然。

　お峰が引き抜いたのはたったの二枚、残りは十八枚あるはずなのに、なぜか束ごとなくなっている、ひっくり返して振ってみても同じこと、不思議なことに紙切れが落ちてきた、いつしたためたものやら受取りが一通。

（引き出しの分ももらっとく　石之助）

ドラのしわざだ、とみんな顔を見合せて、お峰は疑われなかった、親孝行の駄目押しはいつの間にか石之助の罪になっていた？　いやいや、お峰の盗みを知ったついでに罪を被ってやったのかも知れない、だとすれば石之助はお峰の守り神かな、さてその後どうなったのかしらね。

われから

［訳・島田雅彦］

一

妻戸の隙間から吹き込む風が障子をカサコソ鳴らす霜降る夜更け——夫の留守は何ともやり切れない——寝室の時計が十二時を打つまで夫人はどうにもこうにも眠れず、何ども寝返りを打つ——いらいらしながら、どうでもいいことを思いめぐらす——夫は去年の今頃、紅葉館に足しげく通いつめていた——隠したつもりだったんだろう——でも、よそゆきの服の懐からフリル付きのハンカチが出てきた——ムッとしてさんざん文句をいっていじめ抜いたらどうだ——もう二度と行かない——同郷の沢木がイとエを発音し分けられるようになったとしても、約束は守る——だから勘弁してくれ——なんて夫は謝るから何ケ月かぶりに胸のすくほど嬉しかった――でもまた最近は泊りが多い――水曜会の人達やクラブの仲間に遊び人が多くて、連中に引きずられて自堕落になる――朱に交われば何とやら――花の師匠の口癖だけれども嘘じゃない――昔はあんなに口先だけの男じゃなかった――きょうはどこそこで芸者をあげてこんな不思議な踊りを見てきた――なんて腹がよじれるくらいおかしいことを真面目な顔をしていっていたものだ――近頃は人が悪くなって、にくらしいほど口がうまい――私のような世間知らずを手の平で揉んで丸めて、スキがない――まあ今夜は何処かに泊って、あすはどんな嘘をこねて帰ってくるか――夕方、クラブに電話をかけると、三時頃に帰るとのこと――また吉原のレディのとこでも行ったんだわ――もう縁を切ったといってもう五年――悪いのはうちのだけじゃない――暑寒の贈り物なんてよこす憎らしい真似をするからつい心が浮かれて自ずと足を向けてしまうんだ――全く商売女というのは頭にくる――そんなことを考えるうちいよいよ寝苦しくなる――夫人はちりめんの搔巻きをはねのけ絹の蒲団の上に起き上がる八畳の座敷に六枚折りの屏風を立て、枕元には桐胴の火鉢に煎茶の道具、煙草盆は紫檀で、赤い管のキセルがしゃれている――枕の派手な模様や赤い枕のふさに趣味が現われる――強い香りがたちこめた部屋には行燈台の光がかすかにゆらめく

夫人は火鉢を引き寄せ、火の気があるかどうか見る――夕方小間使いが入れた桜炭《さくら》は半分灰になり、よくおこさなかった炭は黒いまま冷めている――キセルで一服、二服――煙を吐いて耳を澄ますと、ちょうどこの部屋の軒に移った猫が発情した声で鳴いている――あれはタマじゃないかしら――こんな霜夜に屋根を伝って、またいつかのように風邪を引いて苦しそうな声で鳴くんだわ――あれもいたずらものね――キセルを置いてメス猫を呼びに雪灯《ぼんぼり》に火を移し、普段着の八丈の書生羽織をひっかける――腰に結わえたちりめんの帯の浅黄色がとても美しく見える

足に冷たい板の間を着物の裾を引きずって歩き縁側に出る――用心口から顔を出し、タマ、タマと二声呼んでみる――でもさかりがついて外を出歩く猫は

飼い主の声もわからない——身にしみるような媚《なま》めかしい声で鳴きながら大屋根の方へ歩いてゆく——いうことを聞かないわがまま猫め——どうにでもおし——捨てゼリフをいってふと庭を見ると、白黒もつかない真っ暗闇の中、さざんかの咲く垣根の向う——書生部屋の戸の隙間からわずかに光がほのめいている——千葉はまだ寝ないでいる

用心口を閉めて寝室へ戻ったが、再び立って菓子戸棚からビスケットのびんを取り出し、それを紙にくるんでひねり、雪灯片手に縁側に出る——天井の鼠がガタガタあばれている——イタチでも入ってきたのか、ききと大騒ぎしている——目指す燈火は揺れ、廊下の闇も我家だから何のその——侍女は下女は夢の只中——夫人は書生の部屋にやってくる

おまえはまだ寝ないのかい——障子ごしに声をかけ、夫人が中に入ってゆくと部屋の中の男は読書中のところを驚かされ、思いがけないようなあきれ顔をしてみせる——夫人はその様子がおかしくて立ったまま笑う

二

　ありふれた白木の机に白地の天竺木綿の布をかけ、上には筆立てが置いてある――中には細字用の筆やら鼠毛の筆やら、ペン、ナイフいっしょくたに入れてある――首なしの亀の子の水入れ、赤インクのびん、歯磨きの箱――所狭しと並べられた机によりかかって、今まで洋書を読んでいた書生は年頃二十歳あまり――二十三にはなっていないだろう――丸く五分刈りにし、顔は長くもなく角ばってもおらず、眉毛は濃くて目は黒目がち――見た目器量はいい方だが田舎くさい――太い縞模様の綿入れにあたりまえに白木綿の帯をしめ、青い毛布を座布団がわりに膝に敷き、前かがみになって両手で頭を押さえている

　夫人はビスケットを机に置く――あんた、夜更かしするならそのつもりで寒くないようにしたらいいよ――湯わかしの中は水よ――火なんて蛍火のようじゃない――よくこれで寒くないね――お節介だろうけど私がおこしてあげよう――炭取りをここへ――書生は恐縮している――いつも不精をしております

――申しわけありません――ありがたいやら迷惑やら炭取りを差し出しおどおどしている――私が好きでやってることだから――夫人は炭つぎを始める

自慢混じりの親切というやつ――蛍火を大事そうに挟んで積み上げた炭に乗せ、新聞を三つ四つに折って隅からあおぐと、次第に火種から炭へと火が移りパチパチと威勢のいい音がし、青い火がヒラヒラ燃えて火鉢のふちが少し熱くなる――夫人は大仕事をしたかのようにいう――千葉もお当り――火鉢を少し押しやる――今夜は本当に寒いもの――指輪が光る白い指先を籐編みの火鉢の縁にかける

書生の千葉はひどく恐縮して頭を下げる――これはどうも、これは――故郷にいた頃、姉が母の代わりに可愛がってくれたことを思いおこす――もとより派手作りの夫人が田舎者の姉に似ているはずはない――中学校の試験前に徹夜を続けていた頃、このようなことをいって、こんなしぐさをして、そのうえ蕎麦掻きの御馳走を作って暖まるようにいってくれたことがあった――昔が懐しい――今は夫人の情に触れている――常日頃世話になっていることまで思い合

わせると、怒り肩もすぼまる――そんな様子を見て夫人はいう――寒そうなこと――おまえ羽織はまだできないのかい――仲に頼んで大急ぎに仕立ててもらいなさい――この寒い夜に綿入れひとつで辛抱できるはずはないよ――風邪でもひいたらどうするつもり――本当に身体を大切にしなくちゃ駄目よ――この前にいた原田という勉強者がやっぱりあんたみたいに明けても暮れても本の虫で、遊びにも行かなければ寄席のひとつも聞くわけじゃない――それはそれは感心といえばいいのか――その勉強ぶりは恐ろしいくらいで特別扱いで卒業という間際まで順調だったのに――惜しいことにあんた、頭がいかれちゃったじゃないか――国元から母親を呼んでこの家で二ケ月も看病させたんだけれどもね――しまいには何が何やら無我夢中になって――思い出しても情ない――いわば狂い死にしたんだね――私はそれを見ていたから、勉強家はこわい――怠けられるのも困るけど――病気にならないよう気をつけておくれ――とりわけあんたは一人っ子で親もいないし、兄弟もいない――千葉家を背負って立つ大黒柱に何かあっては立て直しができない――そうじゃなあい――夫人が自分に

振ってくるので千葉は、はッ、はッと答えるばかりで絶句している

夫人は立ち上っていう――私はたいそう邪魔をしました――それならなるべく早く休むようにね――私は戻って寝るばかりの体――部屋へ行くあいだは寒いといっても大したことはない――構いませんからこれを着てなさい――遠慮されると憎らしくなるから、年上のいうことは何でも黙ってきくものよ――夫人はすっと羽織を脱いで千葉の背中に着せる――人肌のぬくみに背筋が気味悪く、薫きしめた麝香の香りが満身を包んでお礼をいいかねていると――よく似合う――夫人はそういって笑いながら雪灯を手に立つ――ろうそくはいつの間にか三分の一になっていて、軒端の木枯らしの風が吹く

三

落葉をたいた煙の残りか――いやいや冬枯れの庭木立をかすめて裏通りの町屋へと、朝ごとたなびく煙は金村夫人のお目覚めのしるしだ――世間の人は悪

口のひとつに数えているが、恐ろしいことに習慣となってしまった朝食前の一風呂――これが済むまで箸も取れない――一日でも入らないと終日気持ちが落ち着かず、物足りなく感じる――そんな話を聞く人は洒落者の道楽と取るだろう――当人にしてみれば、全くしようもない癖を身につけたものだ――面倒だと思うこともあるが、召使い連中は心得たもので、命令がなくても柴を折ってくべる――いい湯加減です――と朝寝床に告げにくる――もうやめよう――何度も思った――でも相変わらず贅沢のひとつになっている――米かすをいれた糠袋で磨き上げて出ると、さらにお白粉で厚化粧――これも今さらやめられないような肌になった

年をいえば二十六――遅咲きの花も梢にしぼむ頃――化粧上手と天然の美しさを合せて五つは若く見られる得な性分――お子様がいないからでしょう――髪結いの留はいう――もしいたら少しは落ち着きが出たか――でもいまだに娘心は消えない――金歯を入れた口元でどうしろ、こうしろともったいぶって多くの使用人を使っている――けれども夫をせき立て十軒店に人形を買いに行く

なんて主婦らしくない——お高祖頭巾に肩掛けをまとって夫と川崎大師に参詣した途中のこと——駅の群衆の囁き声を耳にした——あれは新橋か——何処の芸者だろう——奥様と呼ばれる身だけど、そういわれてまんざらでもなかった——いつしか好みも芸者風になった——それもこれ美しい器量のせい

目鼻立ちから髪の具合、歯並びのよさも母親そのままの生まれつき——夫人の父親は赤鬼の与四郎といって十年前まではものすごい目を光らせていたが、人の生血をしぼった報いか——五十にも満たぬ年で急病の脳充血——ある朝この世に税金を納めた——葬儀の造花は派手で見事だった——でも通りに立って見る人に爪弾きされていたくらいだから、あの世じゃどんな目に遭っているか

この人は最初、月給八円で大蔵省に勤めた禿げチョロの洋服にサテンの洋傘をさし、大雨の時も車を使えない身だった——一大決心をして帽子も靴も捨てた——今川橋のたもとに夜明かしの蕎麦屋を始めた——その頃の勢いといったら、百キロ背負って大海を飛び越えんばかりだった——当時を知る人は舌を巻いて驚く者もいれば、こんな陰口をたたく者もいた——猪武者の向うみずだ

――そのうち元も子も摺ってパーだ――今じゃ宝の山も及ばない金持ちに成り上った与四郎の当時を振り返ってみよう――美女と野獣じゃないが、与四郎も恋をした――幼馴染みの妻は美尾といって名の通り品がよく美しかった――十七そこそこの彼女を天にも地にも二つとない物と大事にした――役所帰りに惣菜を買ってきたりして、妻を甘やかしていると後ろ指をさされようとも妻が待つ夕暮時、鳥の声を聞いて二人で食べる膳のおかずを買う――朝の出がけに水瓶の底を掃除して、妻が一日手桶を持たずに済むほど水を汲んでおく――あなたお昼ですよ、と妻がいえば、おいと答えて桶に米を量り出すのろけぶりだ――ずっとこのままの調子なら千年の美しい夢の中で過ごすことになっただろう

　そんな具合に連れ添って五年目の春、梅が咲く頃、夫は土曜の午後から同僚二、三人と葛飾あたりの梅屋敷を回り、広小路の小料理屋に繰り出した――深酒はしない質なので、あっさりと切り上げ、わざわざ土産の折をあつらえさせ、友人に冷やかされながら、一人別れてトボトボ本郷附木店の我家へ戻る――だ

が格子戸も締まっておらず、座敷に上る燈火はもとより、火鉢の火も黒くなって灰の外にコロコロと散っている――まだ二月の小夜嵐が引き窓の明け放したところから入り込んで身にしみるのが耐え難い――どういうわけなのか見当もつかない――ランプを取り出してつくづく思案に暮れる――物音を聞きつけて壁隣りの小学教員の妻がせわしなく裏から回ってくる――お帰りになりましたか――奥さんは先刻三時過ぎでしたか、実家からのお迎えといってきれいな車が来て、留守は何分頼むとおっしゃってそのままお出かけになりました――火がなければ取りにいらして下さい――お湯も沸いています――とまめまめしく世話を焼かれたが、不審の雲で胸がふさがる――どんな様でどんなことをいって行きましたか、と聞きたいところだったが、嫉妬深い男と思われるのも悔しい――いろいろ厄介をかけました――私が戻ってきたからご心配なくお休み下さい――ときっぱりいって隣りの妻を帰し、一人淋しくランプの明かりの下で煙草を吸う――頭にくる――土産の折は鼠にでもくれてやる――と紐でからげたまま台所に放り出す――その夜は床に入ったものの癇癪のやりどころがない

——たとえどんな用事があっても、俺の留守に無断で外出して、家をあけっ放しにして、これが人の妻のすることか——そう思うとあまりのことに胸が煮えたぎる——明けて日曜日——一日中寝ていようと咎める者はいない——枕を相手に芋虫を真似て、表の格子には錠を下ろしたまま、誰か訪ねてきても音も立てずにいる——無為のまま午後四時になる——門の前で車が止まる——駒下駄の優しい音が聞こえる——妻が帰ったとわかっても知らん顔で空寝を決め込む——美尾は格子戸を押す——どうしちゃったんだろう——錠がおりている——なんて一人言を呟き、隣りの家の松の垣根に添って勝手口に回る

きのうの午後から谷中の母さんが急病で、胸に激痛を覚えて、一時は危なかったんですが、お医者さんの皮下注射やら何やらで、何事もなく収まり、きょうは一人でトイレにも行けるようになりました——そんなわけで手間どって、きのう家を出る時も気もそぞろで、何も考えられず、あとから戸締まりもせず、庭口も開けっ放しのままだと気づいて、さぞやあなたも怒ってるでしょうと気が気じゃなかったんですけど、病人を見捨てて帰るわけにもいかず、きょうも

こんなに遅くなるまで向うにいました――全て私が悪いんです――このとおり謝りますから許して下さい――いつものように打ち解けた顔を見せて、機嫌を直して下さい――妻がそう詫びると、何だそういうことかと少し怒りも収まり、それならそうとどうしてはがきをよこさないんだ、バカな奴が、と叱りつけ、おまえの母親は丈夫な人だと思っていたが、心臓が悪いとは初耳だ、と仲よく話し、与四郎は実はどんな秘密があるとも知らなかった

四

この世に鏡なんてものがなければ、自分の見た目を気にせず、分相応にしていられた――楊貴妃か小野小町か――絶世の美女も裏長屋でエプロンかけて優雅に家事をして過ごしていただろう――万事につけもろい女心を揺さぶる人の賞め言葉にのぼせて、きのうまでは気にもかけなかった髪の毛を色っぽく結い上げる――手鏡をのぞけば、眉毛が濃くなっている――隣りからカミソリを借

りて顔を整えようとする——そもそも見てくれを気にして浮わついてくると、襦袢の袖も欲しくなる——半纏の襟もすり切れて糸ばかりになったのも淋しい——与四郎の妻の美尾がそんな気分になったのも世間がおだてるからだ——身分は高くなくとも誠実な夫の情は嬉しい——六畳、四畳二間の家を、金殿とも玉楼とも思ってきた——いつだったか、四丁目の薬師様で買ってもらった銀の指輪を大事そうに白魚のような指にはめ、馬爪のさし櫛も、人がべっこうを珍重するように喜んだものだ——でも見る人ごとに美尾の美貌を賞めそやす——これほどの容貌を埋もれさせておくのは惜しい——花柳界にデビューしたら島原切っての美人で、並ぶものはないだろう——口に税金はかからない——面白半分に他人の女房を評したてるバカばかり——豆腐を買うのに岡持ちを提げて表へ出ると、通りすがりの若者に振り返られる——いい女だな——でも身なりがひどい——どっと笑われる——思えば綿銘仙の糸をよった着物に色褪せた紫のモスリンの幅の狭い帯だ——月給八円の下級役人の妻ではこれ以上は無理だが、若い心にはなさけなく、たがのゆるんだ岡持ちに豆腐の水がしたたるより、涙で袖を濡らした——心はゆらゆら揺れ、襟や袖口にばかり目がいってしまう——加えてこの前の年、春雨が晴れたあとの一日のこと——きょうが花の盛りという時に上野をはじめ、隅田川べりを夫婦連れで楽しんだ——できる限り体裁をつくり、とっておきの一張羅を着て出かけた——夫は黒紬の紋付羽織——女房は唯一の博多帯に、きのう甘えて買ってもらった黒塗りの駒下駄——表にはったのは擬《まが》いものの南部畳だが、較べるものがないので満足して出かけた——それにしても上野寛永寺の春四月、雲と見紛う木々の花もきょう、あすが見頃の十七日というわけで、広小路から眺めた石段を上り下りする人々の様子は蟻が塔を立てるようだった——木々の花と着物の華を競って、ただ見る目の保養となる景色だった——二人が桜が岡に上り、今の桜雲台のそば近くに来た時、向う側から五、六両の車がいさましいかけ声とともにやってきた——人々は立ち止まって、あれあれという——何処かの華族の人だろう——老いも若きも混ざり合い——派手なのは曙の振袖に真っ赤な下着——老いは花の木の間の松の緑の着物——いつ見ても飽きないのは黒の着物にべっこうのさし物——流行りのものは襟の間に金鎖がちらついている——車は八百膳に止まって一行はその奥にいる——それを皮肉で見送る者がいる——立派だことといって行き過ぎる者もいる——美尾はどう感じたか、ぼんやりと立って眺め入った様子うすら淋しいようで物おもわしげだった——どこの華族だろう——お化粧が濃いなあ——与四郎が振り返っていうのも耳に入らない様子で、我身をながめてしょんぼりしている——与四郎は心配で、どうかしたか、と気遣って問う——急に気分が悪くなりました——私は向島へ行くのはやめて、ここからすぐに帰りたいと思います——あなたはゆっくり見ていって下さい——お先に車で帰ります——と力なくしおれていう——それはと与四郎は案じ始める——一人じゃ何も面白くない——また来ればいいから、きょうはやめにしよう——美尾のいうまま優しく同意してくれる嬉しさもこの時は何とも思わない——せめて帰りに鳥でも食べようと機嫌をとられても悲しい——逃げ出すように一目散に家路に急ぐ——何もかもどうでもよくなる——与四郎はただ美尾の病気に胸を痛めるばかりはかない夢に心が狂ってからお美尾はかつての自分を忘れた――人目がなければ涙で袖をおし浸し、誰を恋するわけでもなくうわの空――もったいないとは知りながら、与四郎への態度ものうとは変わった――うるさければ生返事――男が怒ると自分も腹立てる――気に入らないなら離縁して――無理に置いてくれとは頼みません――私にも生まれた家があります――と居丈高になる――男も我慢ができず、ほうきを振り回す――出て行け――その場の勢いで危うくなる――さすがに女心の悲しみ胸に迫っていう――あなたは私をいじめ出すつもりですか――この身はそもそもあなたに上げたもの――憎ければぶって下さい――殺して下さい――ここを死に場所として来た身ですから殺されてもここをどきません――さあどうとでもして下さい――泣いて袖にすがって身もだえる――もとより憎くはない妻のこと――離縁なんてその場のおどしだ――すがって泣くのが潮時――わがまま者め――気まずい思いをしながらも気安い仲だからこその駄々と許して、いつもより可愛いと思ってしまう

五

与四郎の方は心変わりもなくいつもと同じ日々を送っている——でも美尾の様子はとにかく怪しい——ボーッと空を眺めて何も手につかない様子——与四郎が気をつけて見ていると、美尾はさながら恋に心奪われうつろになっている——お美尾、お美尾——呼んでも答える言葉に力がない——どう見ても日々を義務のように送り、体はここ、心は何処をさまよっているのやら——いちいち気にかかることが多い——女房を寝取られて知らずにいるのは夫の鼻の下そう指さされるのも悔しい——いよいよそれが本当となれば——と恐ろしい考えに憑かれ、美尾の影法師のようにぴったり寄り添って彼女の行動を見守っていた——でもそんな形跡もない——ただ物思いにふけっている——あるいはしみじみ泣いている——あなたいつまで安月給取りでいるつもりですか——向うの屋敷の旦那様はその昔大部屋だったけど、一念発起してあんなに出世した

――馬車に乗っていればどんな髭面だって立派に見えます――あなたも男でしょ――少しでも早くボロ服に弁当持参をやめて、通行人が振り返るような立派な人になって――竹皮に包んだ惣菜を買ってきてくれる真心があるなら、役所帰りに夜の学校に行くなりして世間の人に負けないように偉い人になって――お願い――そのためなら内職でも何でもしておかずを買うお金くらい手伝います――勉強して――頼みます――心から泣いて今のろくでもない暮しを指摘する――与四郎は我身を罵られたようで腹が立つ――結局は自分のことしか考えていないくせに夜学を勧めたりして、自分の留守のあいだに楽しもうという魂胆だ――とひたすら悔しい――どうせオレなんて意気地なしだ――馬車なんて思いもよらない――この先車引きになるかも知れない――今のうちから身の納めどころを考えて、利口で器用な色男の若い学者にでも乗り換えるのが一番だろう――向うの主人もおまえの姿をほめてると聞いたぞ――といやみをいう――なまけ者だ、なまけ者だ、オレはなまけ者の意気地なしだ――と大の字に寝そべって夜学はもちろん、あしたの勤めに出るのも嫌がり、美尾にベッタリになる――ああ、あなたはなぜそんなにもの解りが悪いの――と浅ましくいわれる――互いの思いもちぐはぐで、何かいえばいさかいの糸口になる――泣いて恨んでぶつかり合いを繰り返す――そうはいっても互いに憎くはない夫婦――相手のしぐさや態度も忘れ難い――あなたこうして、ああして――といえば――お美尾、お美尾と目の中に入れたいほどだ――隣近所をついても夫婦喧嘩に口をはさむ者はいなかった

いつかの梅見物の留守中――実家からの迎えといって金紋の車が来た頃からのこと――美尾は物思いが静まり夫に文句もいわず、うつうつと日々を過ごし、しょっちゅう実家に戻る――帰ってくれば襟にあごを埋めてしのびやかに吐息をつく――夫が不審に思ってたずねる――どうも気分が悪くて――と答え食事も進まない――昼寝がちになり何もする気にならない――次第に顔色が青ざめる――それをただ病気と思う与四郎も痛ましい――医者にかかれ――薬を飲め――嫉妬を忘れて美尾の体調を心配してばかりいる

その病気も実は妊娠だった――三、四月の頃からそれははっきりとした――

梅の実の落ちる五月雨の頃には隣近所の人々に、おめでとうといわれる――少し暑苦しくても恥しくて半纏を脱げない――与四郎は珍しく嬉しく夢見心地だった――予定日は十月と人にはいえないが、待ち遠しかった――男の子が生まれますように――そんな願をかけ、うわべは平静を装っていた――でも安産のお守りや何だかだ人から聞いたことをうのみにし、お産のことは何も知らず間違いだらけのものを取りそろえてしまう――それで美尾の母にいっさいを頼む――あなたよりは私の方がよくわかっていますよ――一本とられて、なるほど、なるほどと口をつぐんだ

六

月給八円はまだ昇給の見込みもない――そこに赤ん坊が生まれて入用になり、人手もかかるとなれば、あんたがたはどうするつもりだ――美尾は体が弱いから夫を助けて内職というわけにもいかないし――親子三人貧乏のどん底で乞食

同然の暮しというのも賞められたもんじゃない――何か働き口を見つけて今のうちから心がけて金になる仕事をしなくちゃ、将来身の振り方がない――第一、子供を育てることができまい――美尾は私の一人娘だ――嫁にやるからには私の終りまで見看ってもらいたい――贅沢をいうんじゃない――お寺参りの小遣いくらいは出してもらったり、あげたりという約束で嫁にやった――小遣いをやれないのは横着だからじゃない――どうにもならないことなんだ――それならそれであきらめて私は自分の食い扶持を稼ぐためにこの歳で他人の口入れや手伝いを老い恥さらしてやっている――それでも当てがないのに苦労はできない――つくづくあんたら夫婦の働きを見ると、私の手脚が動かなくなって世話をしてもらうことになっても、月給八円じゃどうにもならない――それを思うと今のうちに覚悟を決めて少しは互いにつらくても当分夫婦別れて、美尾は子供と一緒に私のところで預かって、あんたは独身になって、役所勤めのほかによそに働きに出て、人並みの暮しができるように心がけたらいい――美尾は私の娘だから私の思い通りにならないことはないだろう――全てあんたの考え方ひとつだ――母親は美尾のお産の前からいろいろ世話をやくのにこの家に入り込んで、ともすれば与四郎を責める――与四郎は歯ぎしりするほど腹立たしい――この婆あをはり倒すのはわけもないが、ただならない身の美尾も心が痛むだろうし、腹の子に何かあってはまずい――と自分をなだめていう――私も男の端くれ――女房子供くらい養ってみせる――一生は長いもんです――死ぬまで月給八円ってことはないと思う――そんなに心配することはないですよ――といってのけると、母親はまだらに黒い歯を出して面白くもないうなずきを返してみせる――なるほど、なるほど――とても立派なことを聞かしてもらいました――そういってくれなくちゃ嬉しくない――さすが男一匹、それくらいの考えを持っていてくれるでしょう――なるほど、なるほど――美尾はおろおろしながらいう――母さん、そんなことといわないで――うちの人の機嫌損ねちゃ困るわ――与四郎は傲慢に、自信満々で母親を見下す――このバカ婆あめ――どう引き裂こうが、美尾はオレのもんだ――親の指図だろうが何だろうが別れるような薄情な女のはずはない――それにこれから可愛いもんができるんだか

ら、二人の仲は万々歳だ――空を引き裂く雷だって二人の仲を裂けやしない――与四郎は一人で別れないものと決めつけていた

十月十五日――与四郎の役所の退け時間近――無事に女の子が生まれた――願っていた男ではないが、可愛いことに変わりはない――おやお帰りですか――と母親が出迎える――さすがに初孫のできた嬉しさは頬の皺にはっきりあらわれていた――これを見て――何ていい子なんでしょ――このまあ赤いこと――と指差され今さらながら嬉しさにまごつき、手をさし出すのも恥しかった――母親に抱かせたままのぞいてみる――誰に似たのかよくわからないが、不思議に可愛い――泣き声はきのうまで隣りから聞こえていたのとは大違い――心配していたが何とか無事に終り、重荷がおりたようだった――美尾の様子はどうかとのぞいてみる――高枕をしてみだれ髪に鉢巻きをしている――いたましいほどにやつれてはいたが、その美しさは神々しいくらいだった

七日目、二十一日目、宮参りとあわただしく日々が過ぎていった――子供の名前を紙に書き、氏神さまの前でおみくじみたいに引いた――常磐の松、竹

——蓬莱の鶴、亀——そういうのは引かず、与四郎が、こんな名前も呼びやすいと何気なく書いた町という名を引き当てた——女は器量——人に愛されて何ぼのもの——小野小町とは違うがお町も美しい名前だ——と家中で、町や、町やと手から手へ渡った

七

お町は高笑いするようになり、新年となった——美尾は日々心配そうで、時々涙にくれる——血行不順だと自らいう——与四郎はそれほど不審がらず、ただこの子が成長することだけを語り、例の洋服姿の立派とはいえない勤めに手弁当を提げて、きのうもきょうも出かけた

お美尾の母はいう——東京の住まいは憂鬱で、みじめな日々の暮しもいやになった——あんた方の世話を省きたいと思う——常々来て欲しいといわれていた従三位の軍人が西の京に栄転になり屋敷をそっちに建てたのを幸いに、そこ

で女中頭として生涯働くつもりだ――老後も養ってくれるという約束もできているからここを去ります――また来ることがあればその時は泊めて下さい――ほかに厄介にはなりません――与四郎はそういっても一人きりの母親なのだから、美尾が心細い思いをしないようにいう――おまえさんもお年だ――いかに条件のいい働き口といってもよそでの奉公までさせては子の私たちの立つ瀬がない――ぜひこちらにどどまって下さい――それでも、いやいやそんなことはあんたが出世した時にいって下さい――今は何をいわれても聞きません――母親は単身荷物をまとめ、谷中の家には貸家の札を貼り、船ではるか遠方の地へ向った

それからひと月――雲重く月も暗い夕べ――与四郎は居残りで調べものをし、家に帰ったのは日も暮れた八時だった――いつもは薄暗いランプのもとに風車や張り子の犬を散らかして母親ぶりがまだサマになっていない美尾が懐をはだけて赤ん坊に添え乳をしている美しい姿を見るはずだった――だが格子戸の外から見ると、明かりはぼんやりとして障子にうつる影も見えない――お美尾、

お美尾――呼びながら入ると返事は隣りの方から聞こえる――今参ります――口調は似ているものの美尾ではなかった――隣りの妻が入ってくる――町を抱いている――与四郎は胸騒ぎがしてたずねる――美尾は何処へ行きました――この日暮れに明かりもつけっ放しで買物にでも行きましたか――さあそのことなんですが――と隣りの妻は眉間に皺を寄せる――眠りから覚めたふところの町がぐずぐずむずかるのを、おおいい子いい子と揺さぶったまま言葉を濁す

明かりは私が今つけたんです――本当は今まで留守番をしていたんですが、家のやんちゃ坊主がわがままをいうので叱るのに明けました――奥さんはきょうの昼前――通りまで買物に行ってきます――帰りまでこの子の世話をお願いします――といって出て行きました――ほんの短かいあいだと思っていましたが、二時になっても三時になっても音沙汰なく、今まで影も見えないんです

――何処まで買物に行ったのやら――留守番を頼まれて日が暮れるというのも心配なもんです――まあどうしちゃったんでしょうね――と問いかけられる

――それはこっちが聞きたい――普段着のままでしたか――そうたずねると

――はあ羽織だけ替えて行ったようです――何か持って行きましたか――いえ、そんな様子もありませんでした――はてなと腕を組み、こんな遅くまで何処にいるのか見当もつかない

無器用なあんたがこの子をいじくるわけにもいかないでしょう――お帰りになるまで私が乳を上げましょう――ありさまを見かねて隣りの妻が子を抱いていく――何とぞよろしくお願いします――といいながら与四郎は美尾の行方が気になって、お町のことはうわの空だった

よもや、よもや――と思うが不審は晴れず疑いの雲になってたった一つのたんすの引き出しから柳行李の底まで調べ、何か痕跡はないかと探すが、チリの一つも動いた気配がない――日頃から宝のように大事にし、一番好きなだんだら染めの帯あげもそのままになっている――いつも小遣いの入れ場所にしている鏡台の引き出しを開けてみる――どういうわけか手が切れるようなピン札が約二十枚――その上に一通の手紙――与四郎はびっくりし、胸に大波が立つ心地がした――一体どんなわけがあるというのだ――その手紙を開くとただ一言

——美尾は死にます——行くえを探さないで下さい——このお金は町のミルク代です

与四郎は顔色が青く赤くなる——唇を震わせて——悪婆——と叫ぶが、怒り心頭に起こって体から黒い煙が立ちそうだった——紙幣も手紙もズタズタに裂いて捨て、すっくと立ち尽す様子を見たらどう思ったか

八

浮世の欲を金に集中させ、十五年間あがき通し、他人に赤鬼と仇名され、五十に満たない生涯を死灰のように終えた——その遺産は数万円——相続したのは金村恭助、与四郎の聟《むこ》だった——あの人、あれほどの身分なら、他人の姓を名乗らなくてもよさそうなものだが——という誹《そし》りもあった——それでも志す道に安心して専念し、家内を気にかける疚しさがないのもみな養父与四郎の賜物だ——それゆえ奥方の町子は自然に寵愛の掌に乗って、あながち夫を侮るこ

ともない――舅姑がいて何事につけ窮屈で堅苦しい嫁の身とは違う――見たければ、替わり目ごとの芝居に出かけても誰も文句はいわない――花見、月見に夫を誘って一緒に腕を組んで歩く楽しみもある――夫の帰りが遅い時は何処へでも電話をかけ夜が更けても眠らない――あんまり恋しく懐しく感じる時は自分でも少しは恥しいと思う――どういうわけか、夫がいない時は心細さに耐えられず、兄とも親とも、頼もしい人に思える

とはいえ時折地方遊説などで三ケ月、半年の留守もある――温泉巡りの旅とは違う――この時ばかりは甘えることもならない――退屈しのぎに文通するが、中身は見せられないことが多い

この仲のよさでなぜか子供がいない――連れ立って十年あまり、妊娠の兆しすらない――清水堂のお木偶にかけた願も何度空しくなったか――夫は淋しいあまり養子をもらおうという――妻の好みは難しく、こちらにも縁がない――落葉に下りる霜は朝ごとに深くなる――吹く風はいっそう身に寒い――時雨の降る夜は女中たちを炬燵の間に集めて、世間ばなしや小説の噂をする――ふざ

けた女は笑いばなしをする――奥方が気に入ると、何だかんだと褒美を与える――人に物をやるのは小さい頃からの道楽で、父はそれをこのうえなく嫌っていた――一言でいえば機嫌買いの性質なのだ――一言でも心に感じることがあれば、あと先もなくその相手の世話をやく――車夫の茂助の一人息子の与太郎に、夫が新年におろしたばかりの斜子の羽織をやったのも深い理由があってのことではない――ちょっとした愚痴で、春着がないと漏らしたのを聞いて哀れに思っての贈り物だ――茂助は深く感謝し、人々は鷹の羽の定紋を好奇の目で見た――またある時は、別に何があったわけでもないのだが、書生の千葉が寒くしているだろうと思いやり、物縫いの仲という女にいいつけ、綿入れ羽織を仕立てさせた――奥方のいいつけとあればいやとはいえず、多少投げやりのようだった――例の晩の翌晩、それを千葉に着せてやると、千葉は恩をあたたかく思い、口であれこれお礼をいわないが、気弱な男なので涙がこみ上げてきて、仲働きの福に頼んでお礼をしかるべく伝えて欲しいといった――軽々と渡り歩いてきた奉公人は口先が上手で、かくかくしかじか、千葉は泣いておりますと

伝えた――すると、可愛いところのある男――と奥方はいっそうひいきにするようになり、心づけは今までより多くなった

十一月二十八日は夫の誕生日だった――毎年友達を招き、座のとりもちは綺麗どころを選りすぐり、珍味佳肴でもてなす――打ちとけた雰囲気で愉快に騒ぐので髭武者の鳥居氏の口から、初対面から可愛さが、なんて恐れ入るような言葉を聞く――例の沢木氏は落人の梅川を真似て、お前の父さん孫いもんさむ、と方言丸出しにする――みんなこの時の隠し芸だ――だから派手好みの奥方はこの日を晴れの日にして、新調した三枚着に今年の流行をちらつかせる――世間は冬だが春三月の気分――散り過ぎた紅葉は庭に淋しい――垣根の山茶花を折って匂いをかぎ、松の緑も色濃く、酔いがすすまない人はいない日だった

今年は客の数が多い――午後三時からとの招待状は一枚も無駄にならなかった――日暮れ頃の賑わいといったら座敷から人があふれ、茶室の隅に逃げる者もいた――二階の手摺りには洋服の尻軽女――眼鏡が宙に浮いていると笑われる者もいた――町子は客のもてはやしがうるさく、奥さん、奥さんと盃の雨が

降る――ごめんなさい――あまり飲めないんです――と酒を盃洗の水に流す――でも一、二杯は逃れられず――いつの間にか耳のつけ根が熱くなる――胸の動悸が苦しくなる――席をはずすのは失礼だが気づかれないよう庭に出て、池の石橋を渡り築山のうしろの稲荷の賽銭箱にちょっと腰をかけた

九

この家は町子が十二歳の時、父与四郎が抵当の流れに取ったものだ――その後修繕は加えたけれども、水の流れ、築山のたたずまい、松に吹く木枯らしの小高い音も昔のままであった――町子は酔って夢を見ているように振り返って背後を見ると、雲間の月は仄明るい――古びた社前の鈴、紅白の綱が長く垂れて古鏡が鈍く光っている――夜の嵐がさっと喜連格子に吹くと人もいないのに鈴の音がカランと鳴り、幣束の紙がゆらぐ

町子はにわかに恐ろしくなり、立って二、三歩母屋の方へ帰ろうとしたが、

引き止められるように立ち止まる——今度は狛犬の台石に寄りかかり、木のあいだから漏れてくる座敷の騒ぎを遥かに聞く——ああ、あの声は夫——三味線は小梅だろう——いつの間にあんな意気な洒落者になったのだろう——油断がならない——と思いながら心細さに耐え難くなる——締めつけられるような苦しみが胸の何処からともなく湧き出てくる

しばらくして妻の酔いも大方醒めた——何かにつけて乱れる不思議な心を自分で叱りつけて座敷に戻る——皿や盃はあちこちに散乱し、帰る客を迎える車が門前に綺羅星のごとく並んでいる——誰様お立ち——そんな声が騒々しい——座が引けたあと時雨が降り出す

主人の恭助はとても疲れ、礼服を脱ぎ切らぬうちに横になる——あれ、あなた服だけは着替えて下さい——それじゃいけません——と羽織を脱がせる——帯も妻手ずから解き、糸織の萎えたものにフランネルを重ねた寝間着の小袖に着替えさせる——さあお休み下さい——と手を取って助ける——何、そんなに酔ってない——といってよろめきながら寝室に入る——夫に、火の元の用心を、

といい、使用人には、みなもお休みといって同じく寝室に入る――それでも何となく心安らかでない――そうとは口に出さないものの顔色がすぐれないのを夫はウトウトした目で見る――どうして寝ないんだ――何を考えてる――何とも返事はできませんけど、ただ不思議な気分です――どうしたのかしら――私にもわかりません――と答えると夫は笑う――ちょっと気をつかい過ぎたんだろう――気持ちさえ落ち着けばすぐ治る――いいえ――何だかいうにいえない淋しい心地がするんです――さっきみなさんがあんまりお酒が強いのがうるさくて、一人庭へ逃げたんです――お稲荷さんのところで酔いを覚ましていたんですけど、とっても変なおかしなことを考えちゃったんです――笑わないでね――何ともいいようのない気持ちになったんです――あなたには笑われて、叱られるようなことですけど――といって下を向いている――見れば涙が玉になって膝にこぼれている――何か変だ

夫人はいつになく沈みに沈んでいる――私はあなたに捨てられやしないか心配なの――それが淋しくって――またか――夫は無造作に笑う――誰かが何か

いったか――一人勝手に考えたのか――つまらんこと考えるな――おまえが思ってくれるほど世間はオレを思ってはくれない――まあ安心してろよ――素っ気なくいい捨てる――別に私はヤキモチをやいてるんじゃないの――きょうの会席は賑やかで、いろんな人がいらしたけど誰ひとり世間に名前の通っていない人はいませんでした――みんなあなたの友達だと思うと嬉しい――陰で拝んでもいいくらい――つくづく我身を思うと、これからあなたもますます出世して、世の中が広くなればだんだん立派な人になってゆく――今夜、小梅の三味線に合せて勧進帳のひとくさりやったでしょう――嫉妬するわけじゃないけれど、あれほど練習を積んでいたなんて全然知らなかった――いつもあなたが昔のままと思っている私の浅薄さがそのうち嫌になってくるわ――広く世の中と交われば、耳も冴え、目も肥えてゆくのは当然です――私は家の内にだけいて朝夕何も悩まず、ただぼんやり過ごす身です――ついには飽きられるようになって悲しい結果になるのが怖い――私はあなた以外に頼れる親兄弟もいません――いたとしても父与四郎が生きている時の様子はあなたも知っているでしょう――母親似の顔を見ると癇癪を起こすといって私を寄せつけなかった――毎日寂しく暮していましたが、嬉しいことにあなたと縁があった――今このように私のわがままも許してくれる――何の不満もないきょうこの頃です――もったいないくらいありがたいんですけど、もし身にそぐわないことならと思って心配でたまらない――そんなことを思って今夜も淋しい気持なの――いても立ってもいられないほど情ない――いってはならないと思ったけれどいっちゃった――みんな取り越し苦労なんでしょうけど、そんな気がしてしようがない――ただ心細いの――と泣く――夫は、とりとめのない愚痴もひがみも嫉妬のせいだと笑う

十

自分のことで悩み、夫人はわけもなく心乱れる――近頃の空は晴れていても曇っているようだ――陽の色が身にしみて奇妙な気分――時雨が降る夜の風の

音は人が訪ねてきて戸をたたく感じ――淋しさを紛らそうと琴を取り出し一人好きな曲を弾いてみる――自分でかき鳴らす調べが哀れに思えたりして弾き続けられない――涙をこぼして琴を押しやる――ある時は女中たちに凝った肩をたたかせながら心浮かれる恋の話などさせる――人はエラがはずれるほどおかしいと笑い転げる話でも、いちいち哀れに聞こえる――自分まで激しい恋心を燃やしているような気になる――ある夜、仲働きの福が声を改めて調子よく語る――いわなければ人は知らぬこと――いったところで私の得にはなりません――黙っていられないのがお喋りの悪い癖――聞いても知らぬ顔でいて下さいよ――これから喋るのは何ともおかしな話――どんな話なの――聞いて下さい――書生の千葉の哀れな初恋です――国元にいた時、密かに見初めた娘がいたそうです――田舎者のことですから鎌を腰にさしてわら草履をはいて、手拭いで束ねた草を包むような女と思うでしょうが、実は美しい娘で、村長の妹なんだそうです――小学校に通ううちに深く思いを寄せるようになりまして――それはどっちから――小間使いの米が口をはさむ――黙ってお聞き――もちろん千葉さんの方からさ――おやあの無骨さんが――一同大笑い――夫人は苦笑混じりにいう――可哀想に――昔の失恋話を聞き出したのか――いいえ、そんな遠い昔の、田舎の出来事じゃありません――追って話します――そういって着物を直し、咳払いをする――小間使いは少し顔を赤くする――千葉とはいい年頃の身――口の悪い福が何をいい出すかと横目で睨む――それに構わず、唇をなめ、福は続ける――千葉がその子を見初めてからのこと――朝学校へ行く時は必ずその家の窓の下を通る――声がするか――もう行ったか――見たい――聞きたい――話したい――いろんなことを思ったと想像して下さい――学校では話もしたでしょう――顔も見たでしょう――でも、それだけじゃ面白くない――イライラしてくる――日曜日となれば、その家の前の川へ必ず釣りをしに行ったそうです――鮒やたなごはいい迷惑――釣るほどに夕日が西へ落ちて帰るのが惜しい――あの子出て来ないかな――釣った魚をみんなあげて喜ぶ顔が見たい――なんて思ったんでしょう――ああは見えてもなかなかの苦労人です――それっていくつくらいの時――恋は成就したの――夫人がいう――当ててみて下さい――向うは村長の妹――こっちは水ばかり召し上るお百姓――雲に懸け橋、霞に千鳥なんてキレイゴトじゃ間に合いません――手短かにいえば、提燈に釣鐘――二人のあいだにはかなりの隔たりがありますが、恋に上下はありません――うまくいったと思いますか、お米どん――話を振って何かいわせて笑うつもりと悪くとり、私は知らない、と横を向く――夫人は少し笑っていう――うまくいかなかったからこそ今日があるんでしょ――そんな恋仲の娘がもしいるのなら、あんなボサボサ頭で、洒落気なしでは居られないでしょ――勉強家になったのは失恋のヤケからでしょ――いえ、どういたしまして――奥さん、あれはヤケになんかなるような男じゃありません――無常を悟ったんですよ――ということはその子は死んでしまったんだね――可哀想に――夫人はあわれむ――福は得意気にいう――この恋はいうもいわないもないんですよ――子供のことだから心の中だけで思っていて表向きには何もない月日をどれくらい送ったもんでしょうかね――今の千葉の様子を見れば、あれが子供の時どうだったかわかるでしょ――その子は病気してお寺のものになっちゃったんですよ――その後どう思ったとしても答えてくれるのは松の風くらいです――また福はいどうしようもありません――さてこれからが聞きどころですよ――夫人がたしない加減な作り話をして、いかにも本当らしいことをいうのね――夫人がたしなめると福はいう――あれ、どうして嘘なんていいますか――でもこのことを話したというと私も困るんですよ――何しろ当人の口から聞いたことですから――嘘をおいい――あの男がどうしてそんなことをいうの――何かあっても苦い顔をして黙っているわよ――やっぱり嘘だわ――夫人がいうと、福はペチャクチャ喋りまくる――そんなに私のいうことを信じてくれないなんて――きのうの朝、千葉が私を呼んで心配そうに聞くんです――この四、五日、奥さんの様子がすぐれないようにお見受けする――どうかなさったのかって――奥さんは血行不順で時々憂鬱になるのよ――本当に気分が悪い時は暗いところで泣いているもんです――そういったら、奥さん、びっくりしていうんです――とんでもない――それは神経症で、悪くすると取り返しのつかないことになる――その時例の話をしたんです――私の郷里の幼友達にこれこれこういう娘がいて、神経質で、はきはきしていてここの奥さんによく似た人だった――継母だったので常日頃、我慢を重ねて、それが積もって病死した可哀想な子だった――いずれにしてもあの男のことですから、真面目な顔でありのままをいったのを私がつぎ合わせて考えたら、さっきのようになるわけです――その子に奥さんが似ているといったのは嘘じゃありませんが、私がいったとばれると、あとで叱られます――だから聞かなかったことにして下さい――口裏を合せるまわりの女たちの声が賑やかに聞こえ渡っている

十一

今年もきょうは十二月十五日――世間では年がおしつまって大通りを行き交う人も忙しそうだ――出入りの商人がお歳暮を持参し、台所を賑わせる――気の早い家では餅つきの音さえ聞こえる――ここでは煤《すす》払いに使う笹の葉が座敷にこぼれ、冷めし草履があちこちの廊下に散らばる――雑巾がけをする者――

畳をたたく者――家具を背負って回る者――振る舞いの酒に酔って邪魔になる者もいる――日頃ひいきにされている出入りの人々が手伝いに大挙してくるのを半分は断り、集まった人だけに瓶のぞきの手拭を切り分ける――一同いっせいにそれをかぶる――姉さんかぶり――唐茄子かぶり――頬かぶり――吉原かぶりをするのもいる――夫は朝から留守で、指図する夫人はというと――裾を片手で取り、下には友禅の長襦袢を着て、赤い鼻緒の麻裏草履をはき、あれこれという――掃除もひとしきり終った昼過ぎ――茶菓子を山のように担ぎ込み、大皿の海苔巻き食べ放題となる――夫人は二階の小部屋でしばし気疲れを休める――血行不順の夫人は胸が苦しくなり、枕と搔巻きを引っ張り出し、ちょっと横になったが、それは小間使いの米以外は気づかなかった

夫人がトロトロとして目覚めると、枕元の縁側で男女の話し声がした――まわりを気にする様子もなく、ここのダンナはよ、ツマはさ、と車夫が休憩室で使うような言葉で話している――ここに夫人がいるとは夢にも思っていない

一方は福の声――丁寧に、丁寧にというけどさ、一日仕事じゃ無理だよ――

隅々までくまなくやってたら、たまったもんじゃない——目立つとこだけざっとやって、あとは野となれ山となれだよ——いい加減疲れちゃうよ——そんなにあんた、正直で勤まるわけないよ——あざ笑うような調子だ——そのとおりさ——と答えるのは安五郎の声——正直といえば、ここのダンナの例のもの——飯田町のお波のこと知ってるかい——お福は百年も前から、といわんばかりに答える——それを知らぬはここの奥さん一人——知らぬは亭主の反対だ——まだ私は見たことがないけど、色の浅黒い面長で、品がいいっていうじゃない——おまえは親方の代わりにお供をすることがあるけど、拝んだことはあるかい——見たどころか——玄関の鈴の音がすると、坊っちゃんが先立って駆け出して来る——続いて現われるのが例の女さ——髪が自慢の櫛巻で、あっさり薄化粧で、着物にエプロンなんてくだけたなりで、いうんだ——おやあなた——そうすると、ここのがデレンとなって、長いこと無沙汰したな、許せ、とか何とかいって入口の敷居に腰かける——すると例の女が駆け下りて靴を脱がせる——見たくもないほど仲睦まじいとはあれのことだ——ダンナが奥へ入ると、戻ってきて、お供さんご苦労さま、これで煙草でも買って、というのさ——口止め料が出る次第さ——あれがさ、素人だから感心だ——そう賞めると、一人がいう——素人も素人、純粋な娘あがりだっていうじゃないか——ダンナとは十何年の仲で、坊っちゃんも十か十一にはなるだろう——都合が悪いのはここの家には一人も子宝がなくて、あっちは立派な男の子だからな——ゆくゆくを考えると、気の毒なのはここの奥さんだな——こればかりは授かりもんだから——仕方がない——前の大ダンナが十分絞りとった財産だから、人の物になっても文句はなかろう——だけどおまえ、不正直はここのダンナだろう——なあに、男はみんなあんなもんさ——気が多いんだから——とお福が笑い出す——ひでえ当てこすりだな——耳が痛えや——オレはこう見えても不義理と土用干しはしたことがねえ——女房をだまくらかしてメカケに貢ぐ真似はしたくてもできねえ——あれだけ腹の太い、偉い人なんだろうけど、考えてみりゃ、ここのダンナも鬼みてえだな——二代続いて悪の根が張る——聞く人がいないかの大声——福の相槌も例の調子だ——さて、もうひと働きするか——安さんは庭の方を頼むよ――私はもう一度ここを拭いてお次はお蔵だ――と雑巾がけをシュッシュッと始める――夫人はこの襖一枚を頼みにする――開けないで行っておくれ――顔を見られるのがつらい

十二

十六日の朝――きのうの掃除のあとのさっぱりした納戸のような六畳間に置炬燵をし、夫と夫人は差向いで座る――けさの新聞を開けながら、政界のこと、文学界のことを語れば、答えもお決まりで、はた目にはうらやましくも面白そうだった――夫は話を切り出す頃合いと見たらしい――長年不自由ない家だが、子どもがいないのは口惜しい――もしできればめでたいが、万が一できないのであれば、今から養子をもらって満足のいく教育をしようと心がけているのだが、いまだにいい子が見つからない――年が明ければ私も初老の四十代になる――年寄りじみたことをいうようだが、後継ぎが決まらないのは何かにつけて心細い——最近のおまえのように淋しい、淋しいといわずにはおれなくなる——幸い海軍の鳥居が知人の子に素姓の悪くない利発そうな男の子がいるらしい——おまえに異存がなければその子をもらって大事に育てようと思う——引き受けの一切は鳥居がする——里親も鳥居の家だ——年は十一——容貌もいいらしい——という夫の表情を妻はうかがう——なるほど、それはいい考えです——私はとやかくいいません——いいと思うなら、決めて下さい——ここはあなたの家ですから——何なりとどうぞ——と静かにいうが、万一メカケの子だったらという心配が顔に出る——別に急ぐことはない——よく考えて気に入ったら、それはその時——あまり鬱々として病気されてもまずいから、少しは慰めになるかと思っただけだ——ちょっと軽率だった——人形や雛ではない、人一人おもちゃにするわけにはゆくまい——出来損ねだといってゴミ溜めに捨てるわけにもいかない——家の支えにもらうのだから、もう一度よく聞き定めて、調べてみよう——ただ近頃のようにふさいでいたら体のためにはならない——養子の件は急がず、ちょっと寄席でも聞きに行ったらどうだ——播磨が近いところでやっている——今夜はどうだろう——行かないか——と機嫌をとる——あなたはなぜそんなに優しそうなことをいうんですか——私はそんなこと聞きたくない——ふさいでいる時はふさがせておいて下さい——笑う時は笑いますから——好きにさせて下さい——そういったが、さすがに露骨に恨み言もいい切れず、心に秘めて、悲しそうにしている——夫は深く気にかける——なぜそんな捨て鉢なことというんだ——このあいだから何かと奥歯に物が挟まったようないい方をして気になるぞ——人はよく思い違いをする——何か下心に含んで隠してるな——このあいだの小梅のことじゃないか——それなら大間違いだ——その気はまるでないから心配無用——小梅は八木田が長年世話している女で、人には指も差させない——あんな痩せぎすの、花はとっくに散った梅干し婆あなんかにどんな物好きが手を出すか——邪推もいい加減にしてくれ——やましいことなんてないぞ——私は潔白だ——と微笑を含んで口髭をひねる——飯田町の妾宅のことは知るはずもないと思っているのか、何の備えもなく、いい逃れもしない

十三

　様々にもの思いをするうち夫人は癪を起こす癖がついた——激しい時は仰向けに倒れ、今にも息絶えんばかりの苦しみ方だ——初めは皮下注射など医者の手を借りていた——だが昼となく夜となく度重なる発作は力任せに押さえ込んでその場をしのぐしかなかった——男でなければ押さえることはできず、癪が起きると夜といわず夜中といわず千葉が飛んできた——反りかえる背中を押さえるのだが無骨で律義な千葉は男であることも忘れ、介抱するので、他人の目には怪しく映った——ヒソヒソ話から妙な噂になる——使用人たちは奥の六畳間を夫人の癪部屋と名づけ、みだらな行ないがなされているようにいう——そう思って見れば、これまでのことも怪しく見えてくる——霜夜の同情——羽織のこと——全て合せて話は大袈裟になった——何でもないことを騒ぎ立てる世の中に潜む腹の虫の声——話が漏れ、夫人はまずい立場になった仲働きの福はかねてから、夫人のおさがりの結城つむぎは自分のものになると踏んでいたのだが、いろいろ千葉の厄介になったからといって、夫人はそれを新年着に仕立てさせて、千葉にやってしまった――その恨みは骨髄に通った――以来夫人を見る目は意地悪く、歪んだものになった――髪結いの留を捕まえ、たった今、妙なことが起きたという顔つきで、例の口車をクルクルやった――この噂はどんどん広まり、一町ごとに尾ヒレがついた――やがて夫恭助の耳にも入り、放ってはおけないと胸が騒いだ――家つき娘でなければ離縁という手があるが、世間の評判もあり、町子を別居させるのも忍びない――といってこのまま放っておけば、家庭の乱れが世間の攻撃の的になる――自分にも災難がふりかかってくる――どうすべきか悩んだものの、わがままもそのまま、気ままなのもそのまま、大袈裟に咎めることはできない――金村の妻として世間に恥しいことは何もないと思うが、放っておいては駄目だという声もうるさい――親しい友人も勧告するので、きょうはきょうはと思いながら、事には及ばず、日々が過ぎてゆく――新年を迎えたら、松の内が過ぎたらと思い、門松をはずして十五日あたりにと思った——二十日も過ぎ、一月も終り、二月は梅見する気も起きず、翌月は小学校の定期試験で、飯田町の方ではニコニコ顔でその日を心待ちにしている——その様子を見ても心は浮き立たない——家のこと——町子のこと——どうしたものかとばかり考える——谷中に知人の家を買って、家具一式全て整え、ここに移そうと考えるが、町子の人生はみじめになるのはいうまでもない——人知れず涙に暮れ、我が身の不徳を思ってみないこともないが、いうなら今だと決心した——四月のはじめ、浮世は花に春雨降る夜だ——別居の旨をいい渡した

その前に千葉は追い出された——汨羅川に身を投げた屈原ではないが、恨みはどう晴らせばいいのだろう——汚名を背負って永代橋から汽船に乗り込み、国元へ帰る姿をこの目で見たという者がいた

つらいのはその夜だった——車の用意など整えさせたあと、夫がいった——いうべきことがある——こっちへ——今さらながら夫人は恐ろしくて書斎の外にいた——今夜からおまえは谷中に移らなければならない——この家を我家と

思ってはならない――帰って来れるとは思うな――罪は自分でわかっているだろう――早く行け――それはあんまりです――私に悪いところがあるなら、なぜいってくれないんですか――突然の命令は納得できません――といって泣く――恭助は振り向きもせずにいう――わけがあるから人並みならぬこともするのだ――罪をいちいちいい立ててもおまえがつらいだけだ――車の用意もしてある――ただ乗ればいい――といい渡し、夫は立ち上って部屋の外へ出る――夫人は追いすがって袖をとる――放せ、不埒《ふらち》者――夫は振り切ろうとする――あなた、どうしてもそうするんですか――私は一人になってしまう――誰も助けてくれません――このちっぽけな身を捨てるなんてたやすいことでしょう――見事に捨ててこの家を自分のものにするつもりですか――取ってごらんなさい――私を捨ててごらんなさい――私にだって覚悟があります――そういって夫人がにらみつけるのを突きとばし、振り返りもせず夫は一言いう――町、もう会わんぞ

ゆく雲　［訳・多和田葉子］

上

　東京の人はあまり耳にしたこともないだろうと思うが、酒折《さかおり》の宮、山梨の岡、塩山《えんざん》、裂石《さけいし》、さし手《で》といったようなところへ行ってみる、小仏や笹子の難所を越え、猿橋《さるはし》から眺める川の流れに目まいがするほどで、鶴瀬、駒飼などには見るほどの里もないけれど、勝沼の町にしても東京で言えば場末だし、甲府にはさすがに大きな立派な建物があり躑躅《つつじ》が崎の城跡などの名所が一応あるけれど、汽車の便がよいならまだしも、わざわざ馬車や人力車に一昼夜ゆられて恵林寺《えりんじ》の桜を見に行くという人はまさかいないだろう。他の人たちが箱根、伊香保などに出かけていくのに、故郷だからというだけで毎年夏休みにひとり山梨に帰るのは仕方ないことではあるけれど、今年は東京を離れて八王子の方に向かうのが特につらく感じられる。

養父の清左衛門が去年からどこそこ体をこわして寝たり起きたりという生活をしているとは聞いてはいたが、普段は丈夫な人なのだから大したことはないだろうと思って医者の指図することなどを伝えておくだけで、自分は雲の合間を飛びかう鳥の翼のように自由な書生の身分でもう少し遊んでやろうというつもりでいたら、この間故郷から便りが来て、大旦那の病状はその後特にどうということもないけれども、日々短気がひどくなり、我ままになり、これはひとつには年のせいなのかもしれないけれども、まわりの者にもなかなか機嫌を取ることができず、それが心配です、と書いてある。私のような古狸は何とか日々を過ごしているけれども、それでも筋のない無理を言われて、足元からいっせいに鳥の飛び立つようにせかされるのにはうんざりで、この間からしきりとあなた様をお呼び寄せしたい様子、一日も早く家をつがせ隠居して楽をしたいようで、これにはご親類一同が同意しています。私は初めから、あなた様を東京に出すことには反対で、こう言っては失礼ですが、少しくらい学問などしても仕方がないのだし、赤尾の彦の息子のように気がおかしくなって帰ってきた者も見ているし、もちろん利発なあなた様にはその気遣いはないけれども、もし放蕩息子にでもなられたら取り返しがつかないし、今の時点で許嫁《いいなづけ》と結婚して家を継いでも早過ぎるということはないでしょうから、私も大賛成です。きっと東京ではやりかけた事などもあるだろうから、それを終らせて、飛ぶ鳥は後を濁すなに従って、「野沢の桂次は大藤村の大資産家の息子だと聞いていたが、了簡の清くない奴だ、他人の借りを人に背負わせて逃げた」、などという噂が後に残らないように、郵便為替で証書面の通りの額を送るけれども、もし足りなければ上杉様に立てかえてもらって、借金など全部返して帰るように。金のことで恥をかいては、金庫の番をまかされた私たちの申し訳が立たない。さっきも言ったように、短気の大旦那がしきりと待ちこがれてじれているから、東京の用が片付き次第一日も早く帰って来てほしい、と六蔵という通い番頭が手紙を書いてきたのだが、このような催促をされたら、嫌とは言えない。

その家に生まれた実の子であれば、このような手紙が十回や十五回来ても、「自分で決めて勉強を始めたのだから一応の学問を身につけるまでは親不孝の罪を許してくれ」、とでも書いて、その我ままが通らないこともないだろうけれど、養子の身分はつらい、と桂次は他人の自由をうらやみ、これから先の将来を鎖につながれたように感じた。

七歳の時に貧乏な実家からもらわれていって、そのまま行けばはだしで尻きり半纏を着て田んぼに弁当を運んだり、夜は松の根を割ったものに火をつけて草鞋《わらじ》をうちながら馬子歌《まごうた》でも歌っていたような身分なのに、目鼻立ちが生まれてすぐ死んでしまった長男とどこか似ているからと言って地主の今は亡き妻に可愛がられ、初めは旦那と呼んで敬っていたその人を父上と呼ぶようになったのは幸福であるが、幸福とは言えないようなことがその中にもあり、桂次より六つ年下で十七歳くらいのお作という全くの田舎娘をどうしても妻にもらわなければならなくなり、国を出るまではそれほど不運な縁だとも思わなかったが、この頃は送ってくる写真を見ただけで気が重くなり、こういう妻を持って山梨県の東郡《ひがしごおり》にひっそり暮らすのが自分の運命かと思うと、人にうらやましがられる造酒業者の財産などは大した物とも思えず、たとえ家を継いでも親類縁者の干渉がきびしくて自分が思うようには一銭の金も使えないだろうし、言ってみれば宝の蔵の番人の身で一生終ってしまうと思うと、気に入らない妻のことがますます心の重荷となって、世の中に義理というしがらみがないならば、財産を持ち主に返して、長い人生の重荷となる妻も人にゆずって、自分はこの東京を十年も二十年も少しも離れずにいたいという思いがある。どうしてだと人に聞かれれば立派な言い訳を言ってみせることができないわけではないけれども、正直に隠し事せずに言うと、ここに一人捨てて帰るのが口惜しい娘がいて、別れて顔を見られなくなった時のことを考えただけで今から胸の中がうつうつとして、自然と気がふさぐ原因にもなっている。

桂次が今いるこの家は、養父の親戚で、伯父伯母の間柄であり、初めてこの家へ来たのは桂次が十八歳の春のこと、自家製の手織り縞の着物に肩あげが田舎臭いと笑われて、八つ口をふさいで大人っぽいスタイルにしてもらってから二十二歳になった今日の日までに半分は別の家に下宿住まいをしたと見積もっても少なくとも三年間は確かに世話を受けているし、伯父の勝義の性格が難しいことや、人にかまわず強情を通すこと、それでも女房にだけはやさしいというようなおかしさを呑み込んでしまい、また伯母という人が口先ばかり上手くて、誰に対しても心底からは親切でないこと、自分の私欲が満たされそうにないと分かると微笑みかけた口元をぎゅっと閉めてしまう伯母の現金さも経験を積むうちにだいたい分かってきて、この家にいるつもりならば、きれいなお金の使い方をして損をかけないようにして、表向きはどこまでも田舎の厄介者の書生が舞い込んで来て世話になっている、という設定にしておかなければ、第一に伯母の機嫌を取ることはできない。上杉という苗字をよいことにして自分の家は大名の分家だなどとこの上なく見栄を張り、伯母は下女には自分のことを奥様と呼ばせ、裾の長い着物を引きずって歩いて、用をするとすぐ肩が張ると言う。たかが月給三十円の会社員の妻がこの調子で家の中をやりくりして行けるのは確かにこの女の才覚のおかげで、それで良人に箔が付くのかもしれないが、失礼なのは野沢桂次という立派な名前のある男を、蔭では、うちの書生がと安っぽく呼ぶことで、門番か何かのように言われるので馬鹿らしさが頂点に達し、それだけでも家に寄りつかなくなるだけの理由はあるのだが、だからと言ってこの家から立ち去ることもできず、気分がすっきりしないままに、下宿住まいをしようと決めても、二週間もすればまた訪ねていってしまう。

十年ばかり前に亡くなった先妻の腹から生まれた子で縫と呼ばれる、今の奥様にとっては継子になる子がいる。桂次が初めてこの子を見た時は十四歳か十三歳で、髪は真中の上の方を十文字にかがって結い、そこに赤い布をかけていて、姿は幼いけれども継母のいる子はどことなく大人びて見えるものだと気の毒に思ったのは、自分も他人の手で育てられたので同情したわけだが、この子は何事をするのにも母親に気がねして、父親に対してまで遠慮がちになり、自然と言葉数もへって、ちょっと見たところはおとなしくて素直な娘というだけで特に利発だとも気性が激しいとも人は思わないだろう。父も母もそろっていて家の中にこもっていればすむような娘が他人の目に立つほど才女だなどと呼ばれるのは大方は、おキャンで軽はずみで、甘やかされた我ままで、つつしみがなく、高慢なために立つ評判であって、物事にはばかる心があり万事ひかえ目にと気をつける娘は、十が七に見えて三割の損はあるものと桂次は故郷のお作のことまで思い出し比べて、いよいよお縫の身が痛ましくなり、伯母の高慢な顔を見るのはつくづく嫌だけれども、あの高慢な伯母にあの素直な身で何でもない事のように仕えようとする気苦労を思いやると、せめて近くにいて心をそえ、慰めてもやりたいものだと、もし人が知ったらおかしがるだろううぬぼれも手伝って、お縫のこととなると自分のことのように喜んだり怒ったりして過ごしてきたのに、そのお縫を見捨てて今自分が故郷に帰ってしまったら、残された身の心細さはどれほどのものだろう、可哀相なのは継子の身分、腑甲斐ないのは養子の自分と、今更のように世の中の味気のなさを思うのだった。

中

継母に育てられたのではろくなことはない、と誰もが言うけれども、その中でも女の子が素直に育つのは稀なこと、少し平凡で除け者になるようなテンポの遅い子は、底意地張って馬鹿強情などと言われ人に嫌われるし、小利口な子はずるい性根を養なって仮面をかぶった上辺だけの大物になるのもいるし、気性がしゃんとして性質が正直なのは、すねた者の部類にまぎれて本人の身にとっては生涯の損をすることになる。上杉のお縫という娘は、桂次がのぼせるだけあって容貌も人並み以上、読み書きそろばんは小学校で学んだだけのことはでき、自分の名前に縁のある縫い物は、袴の仕立てまでわけなくやってみせ、十歳くらいまではそれなりによく悪戯《いたずら》もして女なのにと亡くなった母が眉をひそめるほどで、着物にほころびを作って小言も充分聞かされた。今の母は父親の上役だった人の隠し妻だったともお妾だったとも言われ、様々のいわくつきの難物だということだが、妻に持たなければならない義理があって引き受けたのか、それとも父が好んで申し受けたのか、その辺は確かではないが、勢力が強く女房天下というような景色なので、継子であるお縫がこのような瀬に立たされて泣くのは当然、物を言えば睨まれ、笑えば怒られ、気を利かせれば小ざかしいと言われ、ひかえ目にすれば鈍いと叱られる。二葉の新芽に雪霜が降りかかって、これでも伸びるかと押さえるような仕方に堪えて真直ぐに伸びるのは人間業ではない。泣いて泣いて泣き尽くして、訴えたくても父の心は鉄のように冷えて、ぬるい湯を一杯くれるほどの情《じょう》もないのに、まして他人の誰に愚痴を言えばいいのか、月の十日に谷中《やなか》の寺に母の墓参りをするのを楽しみにし、樒《しきみ》や線香などのお供えもまだ終らないうちに、母様、母様私を引き取ってください、と石塔に抱きついて遠慮なく熱い涙、それを苔の下で母が聞いたら墓石もゆらぐだろう。井戸の縁に手を掛けて水をのぞき込んだことも三、四度あるが、つくづく考えてみると情がなくても父親は真実の父、自分が亡くなってよくない噂が人の耳に伝われば、残った恥は誰の上でもない父の上に集まる、自分にはぜいたくすぎる身の覚悟だと心の中でわびて、どうしても死ねない世を、生はんかに目をあけて過ごそうとすれば、人並みに憂い事つらい事がこの身に堪えがたく、一生五十年盲目になって終れば何事もないだろうにと、それからは一筋に母親のご機嫌をうかがい、父の気に入るように一切自分の身を無いものにして勤めると、家の内に波風がたたず、すべてめでたく収まることもあるだろうが、これを世間の目はどう見ているのだろう、母はお世辞が上手で人の注意を自分からそらさぬようにするため口から甘い汁を出したりするので、身を無いものにして闇をたどる娘よりも一枚うわてで、評判は悪くないらしい。

お縫もまだ年も若いので桂次の親切はうれしいようで、親にさえ捨てられたような自分のような者を心にかけて可愛がってくれるのはかたじけないとは思うけれども、桂次のお縫を想う心に比べると、はるかに落ちついて冷ややかで、「お縫さん僕がいよいよ帰国するとなったらあなたは何と思ってくれるのだろう、朝夕の手がはぶけて厄介が減って楽になったと喜ぶのだろうか、それとも時折はあの話し好きのおしゃべりのさわがしい人がいなくなったから淋しいくらいに思い出してくれるのだろうか、どう思っているんだい」、とそんなことを問いかけると、「言うまでもなくそれは家中が淋しくなるでしょう、あなたが東京にいる時でさえ一カ月も下宿に行ってしまっている時は日曜日が待ちどおしく、朝の戸をあけるとやがて足音が聞こえないかと思うのを、故郷に帰ってしまえば容易に上京もできないでしょうから、またどれくらいの別れになるものやら、それでも鉄道が通うようになったら時々来てくださいますか、そうならば嬉しいのですけれど」、と言う。「自分だって行きたくて行く故郷ではないからここに居られるものならば帰りたくもないし、また都合がつけば帰って来てお世話になりたい、なるべくならちょっと帰ってすぐに東京にもどりたい」、と軽く言うと、「それでもあなたは一家のご主人様になって采配を取るしかないのでしょう、今までのような気楽な身分でいることはできないはずです」と押さえられて、「それならば誠に大きな災難にあった身と思ってくれ。私の養家のあるのは大藤村の中萩原というところで、見わたす限り天目山《てんもくざん》、大菩薩峠の山々や峰々が垣を作って、西南にそびえる白妙《しろたえ》の富士の嶺《ね》は惜しんで姿を現わさないけれども冬の雪おろしは遠慮なく身を切る寒さ、魚といえば甲府まで二十キロの道を取りにやって、やっと鮪の刺身が口に入るくらいで、あなたは知らないけれども、お父さんに聞いてごらん、それは随分不便で不潔な土地で、東京から帰った夏などは我慢できないこともあり、そんな場所に自分は縛られて面白くもない仕事に追われて会いたい人にも会えず見たい土地の土も踏めず、苦労して月日を送らなければならないのかと思えば気がふさぐのも当然だ。せめてあなたくらいはあわれんでくれ、可哀相なものではないか」、と言うと、「あなたはそう言うけれど母などはうらやましい身分だと言ってます」、と答える。

「何がうらやましい身分なものか、ここで自分の幸福ということを考えれば、帰国するに先立って、お作が急死するということにでもなれば、一人娘のことなので父親も驚いて、しばらくは跡継ぎの話もやめて、そうするうちに少々何かとうるさい財産などもあるから、みすみす他人である自分に引き渡すのも惜しくなり、また縁者の中の欲張りどもが黙っておらず動き始めるのは確実で、その暁に何か少しでも失敗すれば自分は首尾よく離縁になって、一本立の野中の杉となれば、それからは自分は自由だから、その時に幸福という言葉を与えてくれ」、と言って笑うと、お縫はあきれて、「あなたはそのようなことを本気で言うのですか、平常はやさしい人と思っていたのに、お作さんに急死しろなんて、蔭で言う嘘にしてもあんまりです、可哀相に」、と少し涙ぐんでお作をかばうので、「それはあなたが当人を見ないから可哀相とも思うかもしれないけれど、お作よりも自分の方を憐れんでくれていいはず、目に見えない縄につながれて引かれていくような自分をあなたは何とも思ってくれないで、勝手にしろという風で、自分のことは少しも察してくれる様子が見えない。たった今、いなくなったら淋しいでしょうと言ったのはほんの口先のお世辞で、あんな者は早く出て行けと箒を立てかけ、出て行ったあとにああ、せいせいした、と塩をまくような気持ちになっているのかもしれないのに、こちらだけいい気になって邪魔をして長居して世話になったのでは申し訳ない。嫌でならない田舎へは帰らなければならないし、情《なさけ》があるだろうと思うあなたにはそのように見捨てられるのでは、いよいよ世の中は面白くないの頂上だから勝手にやるしかない」、とわざとすねて、むっとした顔をして見せると、「野沢さんは本当にどうかしている、何が気に障ったのかしら」、とお縫は美しい眉に皺を寄せて心の理解しかねる様子、「それはもちろん正気の人の目には気違いと見えるはずで自分ながら少し狂っていると思うくらいだけれど、気違いといっても種子のないところに間違いという実の結ばれるはずもなく、いろいろの事が畳み重なって頭脳の中がもつれてしまうから起る事、自分は気違いか熱病か知らないけれども正気のあなたなどがとても思いも寄らぬ事を考えて、人知れず泣いたり笑ったり、どこかの人が子供の時に写したのだというあどけない顔の写真をもらって、それを明けても暮れても出してみて、面と向かっては言えない事を並べてみたり、机の引き出しにていねいにしまってみたり、譫言《うわごと》を言ったり夢を見たり、こんな事で一生を送れば、人はきっと大の白痴《たわけ》と思うに違いなく、そのような馬鹿になってまで想う心が通じず、縁がないものならば、せめてやさしい言葉でもかけて、成仏するようにしてくれたらよさそうなものなのに、知らん顔をして情《じょう》のない事を言って、来てくれなかったら淋しいでしょうくらいの言葉しかないのは酷いではないか。正気のあなたは何と思うか知らないけれども、狂気の身にしてみると随分気が強いものと恨まれる、女というものはもう少しやさしくてもいいはずではないか」、と立て続けに一息に言われると、お縫は返事もしかねて、「私は何を言ったらいいのか、不器用なので返事のしかたも分らず、ただただ心細くなります」、と言って身を縮めて退くと、桂次は拍子抜けして、いよいよ頭が重くなってきた。

上杉家の隣は何宗かのお寺で、広々としたところに桃や桜などいろいろ植えてあるので、二階から見下ろすと雲のたなびく天上界のようで、腰衣を着た観音像が雨で濡れ仏となった肩のあたり膝のあたりに、はらはらと花が散りこぼれて、前に供えた隙にそれが積もるのが美しく、下を行く子守りの鉢巻の上にも花びらがまるで、しばらく宿を貸してくれとでも言いたげに舞い落ちてくるのも見え、かすむ夕暮れの朧月夜に人の顔もほのぼのと翳り、風の少し吹く寺の中の花を去年もおとといもその前の年も、桂次は大抵はこの上杉家を宿にして、ぶらぶら散歩し立ち寄ったところなので、今年がとりわけ珍しくすばらしい眺めだというわけではないのに、この次の春はとても帰って踏むことのできる土地ではないのだと思うと、濡れ仏もなかなか名残り惜しく、夕食が終ってから宵に家を出ては、お寺参りをし、観音像には手を合わせて、自分の恋人のゆく末を守ってほしい、と拝んだ、その志がいつまでも消えないといいのだが。

下

自分だけ一人のぼせて耳鳴りがするのか、桂次の熱は激しいけれども、お縫というのは木で作られたような人間なので、上杉家にはまわりのやかましくなるような恋愛沙汰も起らず、大藤村にいるお作が見る夢ものどかなものだろう、四月十五日に帰国することに決まって、お土産は、日清戦争の戦争画、大勝利の袋物、帯留めの金具、羽織の紐、白粉《おしろい》、かんざし、桜香《さくらか》という小間物屋の油など、縁者親類が多いので、それぞれに香水や石鹼《しゃぼん》など気のきいた物を買って、お縫は桂次の未来の妻にと贈り物の中に薄藤色の襦袢の襟に白ぬきの牡丹花《ぼたんか》の形《かた》のあるのを持たせたが、これを見た時の桂次の顔は見ていてこちらが気の毒になったと後になって下女の竹が言っていた。

桂次の元へ送ってよこしたお作の写真はあるが、こっそり隠して人には見せないのか、人知らぬうちに火鉢の灰になってしまったのか、桂次以外の者の知るよしもないが、ある時ハガキで所用といってよこした文面は男のもので宛名も六蔵の字であったけれども、手習いがだいぶ上手になって人に見せても恥かしくない字になったという父親が自慢して娘に書かせたに違いないと、ここの奥様が人の悪い目でにらんだが、筆跡を見て人の顔つきを決めるのは名前を聞いて人の善悪を決めるようなもので、現代の書道家には在原業平のような美男ではない人もいる。しかし心の用い方ひとつで、悪筆でも見た目のよい書き方もあるはずなのに、達筆ぶって筋もない走り書きをして人の読めない字を書いてもどうしようもない。お作の字はどのようなものか知らないけれども、ここの奥様の目の前に浮かぶ姿形は、横幅が広く短い顔に目鼻立ちは悪くないけれども髪が薄く、首筋はくっきりせず、胴よりは脚の長い女だと思う、というのは、字の最後に加えて書く点が長くてみっともなくておかしいからだと言う。桂次は東京で見ても醜い方ではないけれど、大藤村では光源氏で、故郷に帰るとなったら、機場《はたば》の女たちが白粉べったり塗り始めるだろうというのがここでの評判で、器量の悪い妻を持つくらい我慢できるはず、水呑み百姓の子が一足飛びに大金持ちの跡取りになったのだから、とやがては実家のことまで詮索されて、人の口は悪いもので伯父も伯母もひとつになって嘲るような口調が桂次の耳に入らないからよいようなものの、気の毒だと一人思っているのがお縫である。

荷物は通運便で先に送ったので残るは身ひとつという身軽な桂次、今日も明日もと友達のところを駆けめぐって、何やら用事があるようで、わずかな人目を盗んではお縫の袂をとらえ、「自分は君に嫌がられて別れるのだけれども夢にも恨む事はしない。君には君の本来の姿というものがあり、その島田髷を丸髷に結い変える時も来るだろうし、美しい乳房を可愛い子に含ます時も来るだろうし、自分はただ君が幸福であってくれ健康であってくれと祈っているから、この長い人生を送るには親孝行をしなさい。お母さんの意地悪に反逆するようなことは君にはないに違いないけれども、このことを第一に心がけるように。

言いたいことは多いし、思うことも多いし、この世を終えるまで君のところに手紙を断たないつもりだが、君も十通に一通くらいは返事を書いてほしい。眠れない秋の夜にはそれを胸に抱いて幻の面影を見たいものだ」、というようなことを数々並べて男泣きに涙がこぼれるのを上を向いてハンカチで涙をぬぐっている様子は心の弱い人のように見えるが、誰でもこんなもので、今から帰るという故郷の事、養父の家の事、我が身の事、お作の事などみんな忘れて、世の中にはお縫一人しかいないように思われるのも心の迷いで、こんな時こんな場合にははかない女心が引き入れられて、一生消えないような影を胸に刻む人もいるが、お縫は岩や木のような人なので何と思ったのかは分からないが、涙がほろほろこぼれて一言も言わなかった。

春の早朝、思いを断ち東京を立ち、寄るところがあるので新宿までは人力車が良いと言う。八王子までは汽車の中、降りると馬車にゆられて、小仏峠もほどなく越え、上野原、鶴川、野田尻、犬目、鳥沢を過ぎると、猿橋近くにその夜は宿泊し、巴峡《はきょう》の叫びは聞こえないまでも、笛吹川の響きに夢をかき乱され、これは腸《はらわた》がちぎれるような気持ちになる響きで、勝沼からハガキが一枚届いて四日目には七里《ななさと》の消印のある封書がふたつ、一つはお縫に向けたもので長く、桂次はこのようにして大藤村の人になった。

世の中で頼みにならないのは男心だと言うが、秋の空の夕日が突然くもり、傘を持っていないのに野道に雨が横なぐりに降り、困ってしまうという目に合った者はみんなそう言うけれども、これもみな時のはずみで、将来を誓い合ったわけではなく、男の色を売る身でもないのに空涙を流したところでどうもならない。昨日あわれだと思って見たものは昨日のあわれで、今日の我が身にはしなければいけない仕事が多いので、忘れるともなく忘れて一生は夢のよう、露のような世の中と言えばほろりとしたものだが、はかないことこの上なく、思えば男は許婚者のある身であり、否でも応でも浮世の義理を思い切るほどのことがこの人この身にしてできるだろうか、無事に「高砂《たかさご》」を歌い終われば新しい一組の夫婦が出来上がり、やがては父と呼ばれるべき身であり、それから様々な縁に引かれて断ちがたい絆が次第にふえれば、一個人としての野沢桂次ではなくなり、運よく万の財産を十万にふやして、山梨県の多額納税者と銘を打たれるかどうかはまだ分からないが、契りの言葉は港に残して、船は流れに従い、人は世の中に引かれて、遠ざかっていくのは千里、二千里、一万里。ここでは三十里しか離れていないけれども、心が通わなければ、八重の霧が里近い山の峰を隠すのに似ている。花散って青葉の頃までに、お縫の手元に届いた手紙は三通、とてもくわしく書かれていたというが、五月雨《さみだれ》が軒端に降り晴れ間がなく人恋しい折には、あちらから数々の思い出を書いてくるのを嬉しく見る。それも過ぎると月に一、二度の便り、初めは三、四度もあったのが後には一度になったのを恨んだが、毛蚕《けご》を蚕座へ移すとかいう時期になると、二月に一度、三月に一度、そのうちには半年に一度、一年に一度となり、年賀状と暑中見舞の交際《つきあい》になって、手紙を書くのが大変ならばハガキでも事は足りるはずだが、なんとあわれでおかしいことだと軒端の桜はくる年も笑い、隣の寺の観音様も手を膝にのせ柔和な表情を浮かべてこれも笑っているようで、若いさかりの熱というものをあわれんでいるかのようだから、この冷静なお縫も笑くぼを頬に浮かべて世の中を渡っていくことはできないものだろうか。相変わらず、父親の機嫌や母に気を遣って、我が身を無いものにして、上杉家の安穏を図っているけれども、縫い合わせた精神のほころびたところが切れてしまったら、これは難しいことになる。

うつせみ

［訳・角田光代］

一

深く茂った木々の中にその家はぽつりとたっている。そんなに広い家ではない、三畳ほどの玄関を入れれば部屋は全部で五部屋、北、南と窓があるから風通しはよく、広々とした庭には背の高い木々が生い茂っていて、夏場などはずいぶん快適に過ごせそうだ。少し歩けば小石川植物園があり、あたりはひっそり静まりかえっている。欠点といえば多少不便な場所にあるということくらいで、ほかには何一つ文句のつけようのない貸家である。ところが、門柱に貸家の貼り紙をして三か月もたとうとしているのに、まだ借り手が決まらない。住む人のいない門に柳の枝がゆらりと揺れて、どこかさびしげに見える。

家の中はどこもかしこもきれいにしてあるし、外観もなかなかのものなので、一日のうち二人、三人と内見にやってはくるが、敷金が三か月、家賃は毎月三十日が支払い期限で七円五十銭と言うと、それは下町の相場だろうと口々に言って帰ってしまい、結局まだ借り手は見つからない。

そんなある日、夜から朝にまだ変わりきらない澄んだ空気の中、一人の男がこの家の管理人を訪ねてきた。四十歳くらいだろうか、少々色あせた浴衣《ゆかた》を着て、なんだか妙にそわそわして落ち着きのない男である。例の家を見せてほしいと言う。さっそく案内して、間取りだの備えつけの家具だの、管理人がていねいに説明して歩いても、聞いているんだかいないんだか、ただまわりが静かで気持ちがいいと、しきりにそればかりを喜んで、

「今日すぐにでも借りられますかねえ、敷金は今すぐお払いいたします、それであの、引っ越しは今日の夕方にでもやってしまいたいんで、急な話であれなんですが、これからすぐ掃除に取りかかってもかまいませんでしょうか」

と、あわただしく話を進める。敷金さえ払ってもらえれば文句はないのだが、

念の為、

「ご職業は」管理人が訊くと、

「いやあその、特別言うほどのことはないんですがねえ」男はあいまいに答える。

「何人さんでお住みになりますか」かさねて訊いても、

「ええとあの、なんと言うんですか、四、五人のときもありますし、七、八人になるときもありましてねえ、あのう、いろいろと出入りがあるもので……」となんだか要領を得ない答えが返ってくる。

　管理人は妙な客だと首を捻ったが、とりあえず契約をすませた。

　掃除がすんだ夕暮れどき、ひそやかに引っ越しは行なわれた。一台の人力車が人目を避けるようにやってきて、開いている門をすうっとすべるように通りすぎ、玄関に横づけしてとまった。下りてきたのは二人、だれの目にも触れないよう、男なのか女なのかの判断さえもさせないほどの素早さで、二人は家の中にひっこんでしまった。一人は気のきいた女中風の、三十歳くらいの女、その隣には、やせ細った、病身と思われる若い女が影のように寄り添っていた。十八、九にはまだなっていないようだが、彼女の顔といい、手足といい、血の気がまるで感じられない。向こう側の景色が透けてしまいそうなほどのその白さはいたいたしくさえある。手伝いに来ていた管理人は、この若い女をちらりと見て、今朝やってきた落ち着きのないあの男の妻にも見えないし、かといって娘とも思えないと、彼らの関係をいぶかしんだ。

荷物はずいぶん少なくて、大八車が一台やってきただけである。三十女が手土産を持って両隣に挨拶をすませたあとは、家の中は気味の悪いほど静まり返って、引っ越しの荷物をかたづけている様子もなければ人がいる気配すら感じられない。いやだれもいないはずがない、例の落ち着きのない男、女中風の女、やせ細った若い女、それから飯炊き係らしい太った女、それだけの人数がいるはずなのに、ことりとも音がしない。くわえて夜が更けてから、六十近いと思われる、品の良さそうな禿頭の老人と、その妻だろうか、小さな丸髷《まるまげ》をきちんと結った同年輩の女がやってきた。

病身の若い女は、引っ越してきてすぐに、一番奥の部屋に布団を敷いてもらって横になっていた。枕に頭を沈めて静かに目を閉じている。老夫婦はやってきてすぐ彼女の枕元に坐りこんだ。そのまま一晩じゅう、しょんぼりと背中を丸めて女の顔をのぞきこんでいる。その顔つきがどことなく眠る女に似ているところを見ると、多分彼女の両親なのだろう。表札には川村太吉と書かれているが、それはあの落ち着きのない男の名のようで、主人らしい禿頭の老人は旦那さま、妻のほうはご新造さまと呼ばれている。

明くる朝、まだ風が涼しいうちに、また一人車でやってきた男がいた。紬の着物を着て、白ちりめんの帯をしている。鼻の下にうっすらひげをはやしているその男は、三十前後だろうか、でっぷり太って貫禄がある。小さな紙に川村太吉と書かれただけの表札を見て、ここだ、ここだと車を下りてきた。それに気づいて飯炊き係が、

「あ、番町の旦那さま」

とたすきを外して声をかけた。それを聞きあたふたと太吉が飛び出してきて、

「いやいやいや、お早いお出でで。お迷いになりませんでしたか」せかせかと話しかける。「昨日までは大塚にいたんですがね、なんだかもう、いやでいやでたまらない、どこかへ行こう、どこかべつのところへ行こうとしきりにおっしゃって、何を言っても聞いてくださらないんですよ。それでしかたなくあちこち捜しまして、ようやくここを見つけまして、大急ぎで引っ越してきたってわけなんですがね。ごらんになってください、まあ庭も広いですし、まわりが離れてますから気も晴れるんじゃないかと思いまして……。はい、ゆうべはよくお眠りになっておられましたんですが、今朝はどうもその……なんだかご気分がすぐれないようで……まあちょっといらしてお会いになってくださいませ」

と、太吉は先に立って案内する。太った男は心配そうにひげをいじりながら、太吉のあとに続いて奥の座敷に足を踏み入れた。

二

とくに気分の落ち着いている日は、幼い子供のように父や母の膝を枕に眠ったり、白い紙を切って夢中で姉様人形を作ったりしている。何か訊けばにこにこと笑顔を見せ、はい、はい、と意味もない返事を繰り返すだけ、まるで人形のようにおとなしいのに、いったん彼女の内で狂気が激しくなると、とうさんもかあさんもにいさんも、だれも彼も、お願いだから顔を見せないでと物陰に隠れて泣き出してしまう。それだけならまだいい、はらわたから絞り出すような声で、私が悪かったんです、許して、許してくださいと、何もない宙の一点を見つめ、そこにだれかが見えるかのように幾度もあやまり、かと思うと、今行きます、今行きます、私もあとから行きますからと、繰り返し叫びながら、看護の隙を狙って走り出すことも幾度かあった。

家のものは、井戸には蓋をし、刃物ははさみ一挺《いっちょう》だって彼女の目に入らないよう、神経をとがらせて暮らしている。心を病んだ彼女がどんな危険なことをしでかすか、まったく予測がつかないから油断ができない。興奮した彼女が走り出すときなどは、そのかよわい体のどこからそんな力が出るのか、大の男が二人がかりでも取り押さえるのに苦労してしまう。

彼等一家の本宅は三番町のあたりにある。表札を目にすればだれでもが、ああの人の家かと、うなずくほど名の知れた身分である。その家の娘が病にかかった、しかも心の病だとあっては、年老いた両親は体裁を気にして入院させることもできないでいる。この家は下男である太吉の名前で借りるかたちにして、気心の知れたなじみの医者を呼び、ただ病人がしたいようにさせるしか打つ手が思いつかない。その彼女は、一か月も同じ場所に住んでいると、自分を取り巻くすべてのものがいやになって、どこかへ行きたいと言い出す。放っておくとどんどん病は悪化していくように見える。毎日のように泣き喚き、叫び、いるはずのないだれかに向かって謝り続ける彼女の様子は、両親でさえ身震いするほどすさまじい。

この家の主人は養子で、この娘だけが家の血をひいた一人娘である。両親の嘆きは並大抵ではない。彼女に異常が見られたのは桜の咲き乱れる春のころだったが、それからずっと、両親は眠る暇もなくあれこれと思い悩み、気苦労でずいぶん老けこんでしまった。娘がふいに起き上がり、「私はもう帰りません」と言って駆け出してしまっても、取り押さえることはもちろん追うこともむずかしい、ただおろおろと太吉を呼んで、どうにかしてくれと頼むことしかできない。

彼女は昨夜一晩じゅう、静かに寝息をたてていて、今朝は一番に目覚め、自分で気に入った着物を選び、友禅の帯を結び緋ぢりめんの帯あげを人の手を借りずきちっとしめた。その姿は、はたから見ればどこか病んでいるなどとはこれっぽっちも思えない、目の覚めるような美しさである。両親はそんな娘の姿を見て、あらためて涙ぐんでしまう。

つきそいの女が粥の膳を持ってきて、召しあがりますかと訊くと、いやだい

やだと首をふり、崩れるようにして母親の膝に寄り添ってじっとしていたが、ふと顔を上げ、

「今日は私の年季奉公が明けますけれど、私、帰ることができるのでしょうか」

などと訊く。

「年季が明けるって、あなたどこへ帰るの。あなたの家はここでしょう、ここ以外に帰るところなんかないでしょう、滅多なことを言うもんじゃありませんよ」

母親にそう叱られても、

「それでもおかあさん、私はどこかへ行くんでしょう。ねえほら、あそこに迎えの車も来ているし」

そう言って白く長い指をたよりなく伸ばす。母親がその指の先を目で追うと、軒先のもちの木に巨大なくもの巣がかかり、朝日の中、きらきら金色に光っている。母親はたまらなくなって、

「ちょっと、あんなことを。ねえあなた、お聞きになりましたか」

夫に向かって気味悪そうにささやいた。娘はしょんぼりしていた顔をぱっと輝かせ、

「あの、ほら、一昨年のお花見のときにね」

と、今度はそんなことを言い出す。

「なんなの」母がおそるおそる訊くと、

「学校の庭は、きれいだったわねえ」おもしろそうにころころと笑っている。

「あのときあなたがくださった花をね、私、ちゃあんと本のあいだに入れて押し花にしてとってあるの。きれいな花だったけど、もう枯れてしまったわ。あなたにはあれ以来お会いしていないけれど、どうして会いにきてくださらないの。どうして帰ってきてくださらないの。もう二度と、これからずっと、一生あなたにお会いすることはできないんでしょうか。やっぱり私が悪かったんです、私が悪かったのはたしかなんですけれど、でもそれはにいさんが、兄が、ああみんなにもうしわけない。全部私が悪かったんです、許してください、許してください」

急に両腕をまわして自分の胸を抱き、苦しそうに身をよじる。

「雪子、ねえよけいなことを考えるのはおよしなさい、あなたは今病気なんだから。学校だの花だの、そんなものないじゃないの。にいさんだってここにはいらっしゃらない。何か見えるような気がするのは病気のせいなの、わかるでしょう。ね、気持ちを落ち着けて、もとの雪子さんに戻ってちょうだいな。ねえ、わかっているの」

そう言いながら彼女の背中をゆっくり撫でる母の膝の上、低くすすり泣く声がいつまでも続く。

三

番町の旦那様がお見えになりました、と聞くとすぐに母親が、

「雪子、にいさんがお見舞いに来てくださいましたよ」

と声をかけるが、彼女は横顔を見せたきり、そちらを見ようともしない。そん

な態度をいつもならたしなめるところだけれど、

「ああ放っておいてください、何か気にさわってもなんだから」

と、兄は義母《はは》の渡す革座布団を受け取った。彼女の枕元から少し離れて、吹く風を背にして柱のわきに腰かけている父と向き合い、彼等は静かに言葉を交わす。

兄は口数少なく、ときどき思い出したようにはたはたとうちわを揺らしてみたり、巻きたばこの灰を落としてふたたび口に持っていったりするだけで、困ったものですなあ、とちらりちらりと雪子を盗み見てはそればかりを繰り返している。

「こんなことになるとわかっていたらもう少しいろいろやりようもあっただろうとは思うけれど、いや今さらこんなことを言ったってしょうがない、植村もかわいそうなことをした」

とうつむいて彼は溜め息を漏らしまた黙りこむ。

「どうもこうも私は世間のことにとんと疎いし、母親もこのとおりだしで、なんともしょうがないことになってしまってな」父親が苦しげに言葉を押し出す。

「こんなことになったのももとはといえば雪子がちっぽけなことでくよくよ思い悩むからだが、いや、それを言うなら植村もささいなことであれこれ悩むからいけなかったんだ……こんなことを言っていてもしかたがないのはわかっているんだがね。まったく、私ども二人おまえに合わせる顔がない。けれどどうか雪子をかわいそうなやつだと思ってやってくれ。こんなふうになってしまってもおまえには義理ばかり感じているようで、何かと情けないことを言い出すんだ。

多少は教育だって受けさせたのに気が狂うとはなんとも恥ずかしいことだし、下手をすると家の恥にもなりかねない、まったくどうしようもない娘だけれど、事情をくんでな、これほどまでに操というものを守りとおしただけ哀れんでやってくれ。愚鈍ではあるが、子供のころからこれといって何かはずれるようなことをする娘ではなかった。そう思うと残念にも思う、親馬鹿と笑われてもしかたがないが、一生なおらないのならいっそ死んでほしいと、そこまで諦める気にはどうしてもなれんのだ。

　最近はあんまり不吉なことばかり言うものだから、死期が迫ったのかとこちらもずいぶん気を揉んだよ、大塚の家にお迎えが来る、なんて騒ぎ出すものだから、母親がつまらない占い師に見てもらったところ、ひとつきのうちに命が危ないとかなんとか言ったらしい。馬鹿げた話なんだが、本人もしきりに大塚の家をいやがるし、まあ、引っ越したほうがいいんじゃないかと思ってここを捜させたんだがね。いやどうも、実際長くはもたないんじゃないかとも思ってる。ほとんど毎日死ぬ死ぬと言って、見てのとおり人間らしい色つやもないだろう、食事だってこの一週間というもの一粒も口へ入れようとしない、そんなことばかりしていたら体だって弱ってくる。こっちもああしろこうしろといろいろ言ってはみるんだが、病のせいでだれの言うことも聞こうとしないのにはほとほと困ってしまう。

　医者はほら、例の安田が来てくれて、こんなふうにいつまでも素人まかせでは、病人のわがままがひどくなる一方でよくないから、自分の病院へ入れたほうがいいと言ってくれるんだが、それはどうだろうかと母親がしきりにいやがるので私も二の足を踏んでいるんだ。もちろん病院へ行けば自宅と違っていろいろ窮屈だろうが、なにせ最近ではぱっと駆け出していくことが多くなって、私などはもちろん、太吉と倉と二人がかりでもまったく引き止められないほどの力を出す。万が一飛びこまれては大変だからもちろん井戸には蓋をしてあるが、表へ飛び出していっても面倒なことになるし、そういうことを考えていると、入院させたほうがいいんじゃないかとも思えてくるときもある。しかしなあ、やっぱりそれもかわいそうに思えるし、どうしたらいいのか、私一人ではさっぱりわからない。おまえに何かいい考えがあったら言ってみてくれないか」

父親はそこで言葉を打ちきり、禿げた頭をくるくる撫でまわして、途方に暮れたような表情を見せる。相槌を打ちながらじっと話を聞いていた兄にも言葉はなくて、顔を見合わせたまま二人は幾度も溜め息をつく。

ただでさえ体力の落ちた体は疲れやすいのに、娘はさっき泣いて暴れたものだから、ぐったりと母の膝に寄り添ってそのまま眠ってしまった。母親はつきそいの女たちを呼んで布団に寝かせるよう命じる。絹の布団の上に運ばれた彼女は、すでに全身を夢の中に浸しきっている。つややかに黒い髪の毛を惜し気もなくひっつめて、銀杏返しの壊れたように折り返し折り返し髷の形に結ってあるのが、だいぶ乱れてしまっている。幽霊のようにやせ細った白い掌を二つ重ねて枕元に投げ出して、浴衣の胸もはだけて少しあらわになっている。緋ぢりめんの帯あげもほどけてしまって帯から落ちかかっている。兄が彼女の寝乱れた姿からふと目をそらしたのは、その姿がなまめかしかったからではない、あまりにもいたいたしくてならなかったのだ。

彼女の枕元には一脚の机が置いてある。ときおり彼女が硯、硯と言ったり、本を読むと言い出したりし、かつて学校に通っていたころの真似事をしようとするので、好きなようにいたずら描きでもすればいいと用意したものだ。兄は机に近づいて、積み重ねられた紙の一枚を何気なく手に取ってみた。何かの暗号のような奇妙な書体が紙一面に散らばっている。いったい何を書こうとしているのかさっぱりわからない。これが雪子の書いた文字なのかと情けなく思いながら眺めていくと、そのでたらめな字の中に、はっきり読み取れる文字がある。村という字、郎という字、ああ植村録郎、植村録郎と書こうとしたのか、それ以上見ていることができなくなって、彼は黙って紙をもとに戻した。

四

今日は何も仕事がないと言って、兄は一日じゅう雪子のそばにいた。つきそいの女が氷を持ってきて雪子の頭を冷やすその手つきをじっと眺めていたが、

「どれ、私がやってみよう」

そう言って彼はごつごつした手を差し出した。

「おそれいります、お着物が濡れてしまいますよ」

女は言うが、

「いいんだ、ちょっとやらせてみてくれ」

と言い、彼は氷袋の口を開き、慣れない手つきで水を搾り出している。それを

見ていた母親が身を乗り出し、

「雪や、少しはわかるかい、にいさんが頭を冷やしてくださってるんですよ」言って聞かせるが、彼女はなんのことかまるでわからないらしく、見開いた目を空に漂わせ、

「あら、きれいな蝶が、蝶が」と言いかけ、「殺しちゃいけません、にいさん、にいさん、殺さないで」いきなり声をふりしぼるようにして叫びだす。

「おい、どうしたんだ、蝶も何もいないじゃないか。にいさんならここにいるから、殺したりしないから安心しろ。な、わかるか、見えるか、おい見えているのか、兄だよ、正雄だよ、気をとりなおして正気になって、おとっさんやおっかさんを安心させてやってくれ。なあ、少しは聞き分けてくれよ。おまえがそんなふうになってから、おとっさんもおっかさんも一晩だってゆっくりお眠りになったことがないんだ、二人ともお疲れになって、やせ細った体でおまえを介抱してくださっているじゃないか、親孝行のおまえにどうしてそれがわからないんだい。いつもは道理のよくわかる人じゃないか。

なあ、気を静めて考えなおしておくれ、植村のことは今さらどうにもならないことだろう。跡でもきちんと弔ってやれば、おまえが行って線香と花でも手向けてやれば、思い残すことなくあの世に行くことができると、遺書にそう書いてあったというじゃないか。あいつは潔くこの世を断ちきった。それと一緒におまえのことも思いきった、だから思い残したことは何もないんだ。それなのに、おまえがこんなふうに取り乱して、両親を嘆かせるというのはどういうことなんだい。おまえはあいつに対して無情だったかもしれない、けれどあいつは絶対におまえを恨んだりはしていない、あいつはそういうことをきちんとわきまえた男だろう。なあそうだろう、校内一の人だって、おまえいつだって褒めてたじゃないか。そういう人が、おまえを恨みに思って死んだりするはずがないだろう。あいつの怒りは世間に対してのもの、そのことはもうだれだって知っている。あいつの遺書でそれは明らかなんだ。

な、気をとりなおしてもとどおりになって、それからあとのことは全部おまえの好きなようにさせる、思うとおり生きたらいい。両親がいることを忘れないで、両親がどれほど深く悲しんでいるのかをよく考えて、もとの雪子に戻っておくれよ。なあ、わかったか、おまえがちゃんとなおろうと思えば、気持ち次第で今この瞬間にだってなおせるはずなんだ、医者なんか必要ない、薬だっていらない、しっかりした意志を持って、なおってくれ、なあ、こら雪、いいか、わかったか」

兄がそう語りかけると、彼女はただこくこくうなずいて、はいはいと小さく返事をする。

女中たちはいつの間にかそばを離れ、部屋には父と母、正雄だけが彼女を取り囲んで坐っていた。今言ったことすべてが彼女に理解できたかはわからないけれど、にいさん、にいさん、と彼女は弱々しく兄を呼ぶ。彼は氷袋をわきに置いて彼女に近づき、なんだどうした、そっと訊いた。

「私を起こしてください、なんだか体が痛くて」

彼女は言う。いつも興奮して駆け出して、大の男につかまえられるがそれをふりほどこうとし、おそろしいほどの力を出して暴れているのだ、きっとあちこ

ち痛むのだろう、生傷だってところどころにある。それでも、体が痛いという

ことがわかる、そんなことにすら両親はささやかな望みを見出さずにはいられ

ない。

「おまえを抱いているのがだれか、わかるかい」母親が訊くと、

「にいさんでしょう」と即答する。

「それがわかるのならとやかく言うことはない。今にいさんが話してくださっ

たこと、覚えているの」かさねて訊く。すると、

「覚えています、花は盛りに」

また突拍子のないことを言い出す。彼女を取り囲んでいた三人は顔を見合わせ、

深く長い溜め息をつく。

しばらくして、雪子は苦しげな呼吸を繰り返し、恥ずかしそうにうつむき低

い声で、

「もうお願いですからそのことは言わないでくださいな。そんなふうにおっし

ゃってくださっても、私はなんとお答えしたらいいのかわからないのです」

今度はそんなことを言う。

「何を言っているの」

母親が顔を出すと、

「あ、植村さん、植村さん、どこへ行ってしまうの」

言いながらがばっと起き上がり、驚いている正雄の膝を突き飛ばし、縁側へ向かって駆け出していく。それっ、と台所から太吉やお倉が飛び出してくるが、彼女はそれほど遠くへは行かず、縁側の柱にたどり着くとぺたりと腰を下ろし、空を見つめて叫び出す。

「許してください、私が悪かったんです、はじめから全部私が悪かったんです、あなたはなんにも悪くはない、私が、私が、何も申しあげないのがいけなかったんです。兄は関係ないんです、悪いのは私なんです」

むせび泣きながら、彼女はうわごとのように何か言い続けているが、その低いつぶやきも次第に何を言っているのか聞きとれなくなってくる。彼女の泣き声に答えるように、半分巻きあげた軒先の暖簾が風に揺られ音をたて、夕暮れどきはさびしさを増す。

五

雪子が繰り返している言葉は昨日も今日もおとといも、三か月前もまったく同じことなのである。植村という名、ごめんなさいという言葉、学校と言い、手紙と言い、悪いのは私だと言い、あとからまいります、いとしいあなたと、彼女の唇にのぼるのはそんなことばかりである。彼女の肉体はそこにあっても魂は存在しないも同然、庭に転がった蟬の抜け殻のようなもので、語りかけても答えない、何か言って聞かせようというのも無理な話である。ただ風に揺られかさかさと音をたてる干からびた抜け殻のように、彼女は同じ言葉ばかりを繰り返す。何も考えず無邪気に遊んでいたころを思い出してはおもしろそうに笑い、どうしていいのかわからずにたった一人で思いつめていた当時を思い出しては、胸を抱いて苦しそうにうめき続ける。

彼女があんまりにもかわいそうだとだれもがそう思う。太吉もそう言い、お倉も同意する、みんなだれも彼も、飯炊き係にいたるまで、これっぽっちでもお嬢さまが悪いなどと言うものはいない。彼等が寄り集まればかならずそのことが話題にのぼる。

「黄八丈の袖の長い書生羽織をぴしっと着てさ、こう品よく結い上げた高島田に、桜色を重ねた白の飾り物をつけて、平打ちの銀のかんざしをあっさり挿して学校に通うお姿は、昨日のことのようにくっきり目に浮かぶよ。いったいいつもとのお嬢さまに戻られるんだろ、植村さまだっていいおかただったのにねえ」

お倉が言うと、

「あの色の黒い無骨そうなおかたでしょ。どのくらい勉強ができるのか知らないけど、うちのお嬢さまにつりあうようなかたではないって、私は最初からそう思ってましたけど」

飯炊き係が力んで言う。

「おまえはなんにも知らないからそんなふうに憎たらしいことが言えるんだよ、三日もつきあってごらん、だれだって、植村さまのあとを追って三途の川まで行きたくもなるよ。番町の旦那さまが悪いとは言わないけれど、あちらとは性格が違って、なんとも言いようのないくらいいい人だった、私でさえ植村さまが亡くなったと聞いたときには気の毒で涙がこぼれたもの、お嬢さまにしてみればどれだけおつらいことか。私やおまえみたいなおっちょこちょいならたいしたことないけれど、普段もの静かなおかただからずいぶん深く傷ついていらっしゃるんじゃなかろうか。あの優しいおかたをこんなふうに言ってはもうしわけないけど、もし若旦那さえいらっしゃらなかったら、お嬢さまだってこんなふうになってしまわれるほど思いつめることはなかっただろうに……。でもそれを言うなら、そもそも植村さまがいらっしゃらなかったらそれこそ何ごとも平和に過ぎていったはずなのに……。ああ、生きているといろいろどうにもならないことが多いね、なんでもかんでも思ったとおり口にするってことができないんだから」

と、思いどおりにならないこの世をお倉は嘆く。

　仕事がある身なので毎日というわけにはいかないが、三日おき、二日おきと正雄はやってきて、揺れる柳の下で車を下り、門をくぐる。雪子は喜んで迎えるときもあれば、泣きじゃくりながら会いたくないと言い張るときもあり、またときには幼い子供のように正雄の膝を枕にして眠ることもあった。だれが食事を運んできても食べないとわがままを言っていたが、正雄に叱られ、同じ膳の上、粥をすすることもある。

　なおってくれるか、言ってもしかたのないこととどこかで思いながらそれでも正雄がそう訊くと、なおりますと雪子は答えた。

「今日なおってくれ」

「今日なおります。なおってにいさんの袴を仕立ててあげましょう、それから、お着物も縫ってあげましょう」

「それはありがたい。早く縫ってくれ」

正雄がそう言うと、

「そうしたら植村さんを呼んでくださいますか、植村さんに会わせてくださいますか」

雪子は見開いた目で正雄を見上げる。その透きとおった瞳を見つめて正雄は答える。

「ああ会わせてやる、呼んできてやる。だから早くなおって、ご両親を安心させてやってくれ」

「ええきっと、明日はなおります」

雪子はためらいがちに、けれどもきっぱりとそう言うのだった。

　そんなことはないと思いながらも、本人がなおると自分の口から言ったのだからと、次の日、正雄は淡い期待を胸に、日暮れまで待てずに車を飛ばしてやってきた。けれど、明日はなおりますと答えたゆうべの様子は一変していて、だれが何を言ってもいやいやと首をふるだけ、人と顔を合わせることすらいやがって、父も母も兄も、女中たちまで寄せつけず、知りません、知りません、私は何も知らないんですとただ泣くばかり、広い荒野にたった一人残され、四方を絶望だけに囲まれて立ち尽くす小さな子供のようなその姿に、見ているこちらも知らず知らず涙ぐんでしまう。

急に日ざしの強くなった八月のなかばごろから、雪子は狂乱することが多くなり、人ばかりかものですらよく見分けがつかなくなってきて、泣き声は昼も夜もやむことがなく、一睡も眠らないようになってしまった。目は落ちくぼみ頬はこけ、そのすさまじい形相はとても生きている人間とは思えない。看護の人も疲れ果て、雪子の体は弱りきり、昨日も植村に会ったと言い、今日も植村に会ったと言う。植村は川向こうにぼんやり立っている、霧がたちこめてその姿はかすんでいるけれど、明日は、明日は、とそれだけ言って口を閉ざし、じっと黙ってこちらを見ているのだという。

まるで今まで長い夢を見ていたように、突然正気に戻って、とうさん、かあさん、そう言って笑う日が来るのではないか、不安でたまらないけれどそれだけを信じて一日、二日と待ってしまう。「空蟬《うつせみ》はからを見つつもなぐさめつ」という古い歌のように、心がここになくてもかまわない、せめて雪子の姿だけでも見ていたいと願ってしまう。

門先にゆらりゆらりと柔らかく揺れる柳を眺め、この柳の葉は秋風が吹くころになれば散ってしまうのだと両親はぼんやり思う。ずいぶん高くなった空を見上げ、ひらりと風に落ちていく葉のように、雪子がこの世から消えてしまうことのないようにと祈り続ける。

訳者後書き

一葉は読みにくい、でも

伊藤比呂美

一葉は読みにくい。それはたしかだ。字面を見ただけでそう思う。今まで読もうとしたことはあっても、読みとおしたことはない。古びて破れた岩波文庫がうちの中に何冊もあった。題名と書き出しなら少々聞きおぼえがある。それは高校入試のおかげである。『たけくらべ』なら、はははははずかしながら、『ガラスの仮面』で読んだつもりになっていた。

そこへいきなり現代語訳である。えー、いちよお？　なんであたしがあといいながら読みはじめたのは、編集部に送ってもらった田中澄江の現代語訳だった。はじめっから、原文じゃむり、と編集部に力量をふまれたみたいだ。しかし現代語訳でよかった。今と昔のことばのこまかな差異、一葉らしいだらだらしさ、読みにくさにこだわらず、ストレートに一葉のおはなしを追っかけ、一葉の感情をなぞることができた。それが『にごりえ』だった。他人ごとではなく、ひしひしと、身につまされて、『にごりえ』を読めたのである。

原本も読んでみた。新しく買った岩波文庫の『にごりえ　たけくらべ』である。最近の版ではもはや古い漢字はつかわれていない。ありがたい。それで、だいぶちがう。その上、日本語である。英語やポーランド語とはさすがにちがって、目をこらせば、だいたいわかる。でも、すらすらわかるというわけにはいかないいし、よっぽど気合いをいれないと、目をこらそうという気にもなかなかなれない。

読みにくい理由をざっとあげる。

題名が、どれもこれも古いことばで、ひらがなをただ並べただけのような印象で（にごりえ、うつせみ、われから、大つごもり……）、クロスワードパズルやってるような感じで、意味の把握という点では、あいまいな気持ちにさせられてしまうのである。その、意味があるんだかないんだかといったあいまいさは、本文にもひきつづく。

本文は文語体である。旧かなづかひである。マルがなくてテンでつながっている。テンでつながったまま、行かえなしで、えんえんとつづいている。

主語が、あたしたちの感覚からすれば、必要以上に省略されている。そのくせ会話がおおいのである。でも会話にはカギカッコが使われていないのである。その上カギカッコがないから、会話にいちいち「といふ」「といふ」ということばがはさまってくる。「といつた」は使われず、動詞という動詞はほとんど現在形、などという西洋語の文法の概念をふりまわしてなんになる。ともかく合の手のような「といふ」「といふ」が、語りみたいな効果をうむのであるが、耳できく語りの聞きやすさとはちがって、目で、書いた文字で読む語りというのは、じつに読みにくいものなのだ。

会話は、あたしたちのとあまりかわらない口語の日本語である。それなのに、少しずつことばの使い方はずれている。文法的なまちがいはないのに、ちょっと奇妙にきこえる。調子の悪いコードレス電話でしゃべってるような感じがする。

もっとあるかもしれない、読みにくいというその理由は。でも、その読みにくさをのりこえてしまえば、あとはもう、楽しい一葉の世界だ。たいへん普遍的な、身につまされるおはなしが待っている。恋愛はもつれている。女は神経がつかれている。男には妻子がある。家庭は崩壊しかけている。家庭内は離婚している。人妻は不倫している……ほら。ほんとに、他人ごとじゃないのである。

とにかく、それではじめた一葉の現代語訳だった。「ほんやく」って、したことがなかったが、これはなんと楽しい。原文を書いた人と皮膚接触するようなことばのやりとりがあるのだ。その上、相手は一葉というおもしろそうな女である。彼女のことばや、彼女の考えていることに、もっと触れてみたいという興味もわらわらわいてくる。一葉の日本語にあたしがもみくちゃにされるのも楽しい。あたしの日本語が一葉に触れていくのもとても楽しい。その中で、なかなかあたしの日本語がカタチをつくれなくて、何日もぐじぐじとことばをいじくりまわしてすごしたのは、つぎのような箇所だった。

女たちの着ているものや髪型、どんな着物にどんな帯、それをどのように着こなしてと、くだくだしく説明してあるところ。呉服屋のジャルゴンを使われてるような感じで、わけがわからないから、共感もできない。階級や年齢によって着るものがきまっていた時代だからか、だから着てるものの説明がその女をえがくのに重要なのか、一葉が個人的にそういう描写がすきだったのか。なにしろキモノなんて、ハタチのときに一回着たっけ程度の記憶しかないあたしである。

『にごりえ』はお盆の前後のはなしで、あちこちに、お盆の関連用語がちりばめてある。ところが閻魔様から、鬼、悪魔、魔王とくると、もはや現代の耳には、お盆の関係語じゃないみたいに聞こえる。魔王といえばモーツァルトだし、悪魔といえばキリスト教で、どうも印象がちぐはぐだ。でも、辞書をひいてみたら、そのどれにも、もともと仏教用語とかいてある。ことばの歴史は複雑だった。

敬語も複雑である。あたしたちは、今、こんなに敬語は使わない。敬語を使わなくちゃいけない相手がいないのである。ここでは、娼婦が客に使う。妻が夫に使う。女が男に使う。キモノについては根気よくつきあったのに、敬語については、かなり、強引に、けずりとった。敬語の持ってる階級差、性差には、あたしだってずいぶんうっとうしい思いをしてきたわけで、その恨みつらみがつい出た。

地は、文語体である。しかし、一葉の文語は、石炭をばはや積み果てつのような、西洋語からの直訳文語とはわけがちがう。語り手がいったいどこにいるのか、ときどき、はっきりしなくなる。ゆらゆら動いて入れかわることもあるし、ななめ上の方に、だれかもうちょっとスーパーな存在が居すわって、語り手がそっちの方をちらちら見返りながら語っていくこともある。この、ななめ上の空間からいつも語り手を見はっている存在は、明治以前にかかれたものには、ちょくちょく出てくる。あれはいったいだれなのか。

でも、それだけではない。やはり一葉は明治の女で、同時代をテーマに、小説書くつもりで書いていたのである。スーパーな存在がふと気を許したとたん、あたしよあたし、という近代らしさ、小説らしさが、ぐいぐいと顔を出してくる。

小説というよりは、まるでひとふでがきの瞬間芸のような……といったら現代詩だ。現代詩というのは、言語的な表現にこだわって、瞬間的に言語の力をこめるものだとあたしは思っている。『この子』や『裏紫』はもちろん『にごりえ』にも、ときどき感じるのは、という概念を、いつもにぎりしめて、そこから離れずに、あたし（わたしでも私でもわたくしでも）私／わたくし）の声を使いながら、書いていくのだとも、あたしは思っている。そしてその方法で、語りというものに、それは絶滅しそうな自然の動物みたいなものではあるけれども、声に出して消えてしまう語り、人びとの口づたえの語りというものに近づいていけると、あたしは思っている。

　語る声が、文字に書きとめられ、紙に印刷され、それを目で、声に出さずに読んでいく。それは邪道だと人はいうけれども、語る側もそれを聞く側も、もはや、書くという行為や文字というものなしでは、生きていかれない。

………だからどうだっていうんじゃない。とにかく一葉をいじくりながら、いじくられながら、あたしはこんなことを考えていた。

訳者後書き

拝啓、一葉様

島田雅彦

拝啓。

先日、一葉さんが森鷗外先生とお会いになった話、友人から伝え聞きました。鷗外先生は一葉さんの長屋の前で帝国陸軍式の最敬礼をされた、とか。鷗外先生は一葉さんを日頃から尊敬していらっしゃることは存じておりましたが、そのエピソードを聞いて、その尊敬の念はいかばかりか、察することができます。もちろん、小生、一葉さんが亡くなられてから百年後において日本語の文を売る業《なりわい》に身を染めている者から見ても、一葉さんの文は可能性の豊庫であります。もし、小生が一葉さんと同時代に、文を売ろうとするならば、身につけてしまった悪知恵を一つずつ捨て去らなければならないでしょう。小生は多かれ少なかれ、経済学や心理学や文化人類学などの悪知恵を身につけており、それが文を書く際の邪魔になるのです。それらの悪知恵は用語法として世に出回り、通念となります。その通念は、女とか庶民とか労働者とか大衆といった枠で人々を一くくりにし、丸め込みます。私どもは、趣味や好みから喜怒哀楽、五感の感覚に至るまでウェルメイドの通念で語ることに慣れております。いや、実際私どもは喜怒哀楽すらも経験しておらず、代わりに喜怒哀楽を説明する通念に自らの感情を合わせているわけであります。

一葉さんの文を今日の日本で流通している俗語に置き換えてみる作業を通じて、小生は感情がまだ感情であり続けていた頃に思いを致しました。たとえば、一葉さんが好んでお使いになる「あはれ」とか「かなし」という言葉も、小生には今一つピンと来ないのでありますが、百年前はその一言でお互いの心中を察することができたのでしょう。

その日の天候から、着ているもの、日頃の習慣、そして主人や夫、女中、子どもたちとの関係や彼らの立居振る舞い、そして季節を彩る風物や瞬間ごとに移ろう女の感情を、それこそ風が吹き抜けるように文に書き留めてゆく一葉さんの筆使いは、一見とりとめのないお喋りのように見えながら、しっかりとオチのある物語になっています。叶うことなら、小生、一葉さんの長屋の茶の間に居候をして、一葉さんの口述筆記を務めさせていただきたいと思います。あるいは、あの鷗外先生も小生と同様の希望を胸に秘めていたかも知れません。

もっとも、小生は一葉さんを明治女の代表の如く見做すつもりはございません。また一葉さんをことさらに女流作家の先祖に奉る気もございません。日本語の文には男も女もない。だから、一葉さんは男性であってもよかったし、男性の小生が一葉さんのように書こうとすることもできるのです。ただ、小生としては、やはり一葉さんが女性であってよかったと思っています。文学から学を抜いた文は、通念化する前の気分、刻一刻変化する感情の揺らぎからできています。それは経済学や心理学はおろか、文学でさえなかなかすくい上げることができないのです。言葉にならないわだかまりのようなもの……おそらく、一葉さんはそれをすくい上げてしまったのです。男なら、無用のものと切り捨てていたであろうそのわだかまりを文に刻印できたのは、やはり一葉さんのセンスです。たまたま、明治の男は学の方に走り、文にとどまらなかったということなのでしょう。その意味で、一葉さんは女性でよかった。鷗外先生もそう思っていたでしょう。

シェヘラザード姫の寝物語を記述したい欲望……小生が一葉さんに抱いた思いはこの一言に尽きます。男女平等前夜の今日、小生は一葉さんの恋人になり、自らの男性性を加工したいと考えております。男もすなる小説というものを女もしてみんとてするなり、と男の小生に思わせたのが、一葉さん、あなたです。

かしこ

訳者後書き

翻訳という読み方

多和田葉子

樋口一葉を現代語（？）に訳すという作業は多くの人に勧めてみたい作業であり、それはなぜかと言えば、わたしたちが今日本語だと思い込んで使っている日本語、その日本語からあまり遠くないところに全く思ってもみなかったような別の可能性が無数にひそんでいることが身に沁みて分かるからです。それをひとつひとつ殺して、つまり枝が二股に分かれていれば一本切り落として、風景が二重に見えれば目薬をさして、光の反射具合で色がはっきりしないようなところは単色のペンキを上からべったり塗って作文していくことが現代文を作るということなのかという疑問と立ち向かわなければならなくなる、それだけでも大変貴重な体験であると思います。樋口一葉を読むのはもちろん原文がいいけれども、だからと言ってそう簡単に「原文の美しい日本語を味わうのが一番ね。」などと言ってもらいたくない理由はいろいろあり、まず第一に、原文というのは何を指して言うのかという問題があり、作者の原稿と活字になった初版の文面、初版本と今日売られている本と、その移行を視覚的に追っていくだけで「これが原文だ」と言ってしがみつくことのできるものなど存在しないのだと気づかずにはいられないわけで、一葉の文学に迫るには「原文」へのノスタルジアを断ち切った方がいいと思うのです。いわゆる原文を読む場合でも、その流れと一心同体となったつもりになって流されていくのでは面白くなく、わたしたちは違う言語を生きているのだという自覚を持ち続け、そこで生まれるとまどい、怒り、滑稽、矛盾などを意識しながら読んだ方が、樋口一葉の「言葉」を読んだということになるのだと思います。翻訳というのは、そのような読み方を一字一句実践していく作業で、読書の仕方としては最高で、わたしも大変勉強になりましたが、その読書の記録とも言うべき「現代語訳」を人様に読んでいただくのは、ずうずうしいのではないかという気持ちは正直に考えてみると、胸のここかしこに渦まいているようです。ただ、「樋口一葉は原文で読んでも意味が分かるから現代語に訳しても仕方がない。」という理屈だけはおかしいわけで、なぜならば、翻訳というのは「原文」の意味が理解できないから便宜上行なうものではなく、ひとつの作品が時の流れとともに必然的に姿を変えていく、その変身ぶりが目に見えやすい形で現われたものが「翻訳」であると思うのです。たとえ実際に翻訳しなくても、わたしたちは作品を読みながらそれぞれ頭の中で翻訳という作業をしているわけで、その時に湧きあがってくる様々な気持ち、たとえば、文をここで切りたくないのに切らないと今の日本語では意味が漏れこぼれて分からなくなってしまうから仕方がない、と思って文を切る時の切なさ、漢語に和語のふりがなが付いている時に、漢語の方を捨てると骨っぽいきらめきが消えてしまうし、和語を取ると感触や匂いが薄くなってしまうので、どちらも手離すことができない迷いの苦しみ、誰がいったい主語になっているのか、誰の口から出た話なのか、と時々文法の授業中のようなことを考える自分へのいらだち、地名はすべて妙に存在感があるのでこれこそ訳さなければいけないと思いながらも結局は書き写すだけで、すると地名を殺したように思え、湧き起ってくるうしろめたさ、それら様々の感情の中にとび込むことで、わたしたちは樋口一葉の言葉の魅惑的な不安定さを通して、未知の日本語をのぞき見ることができるかもしれません。

訳者後書き
一葉の色

角田光代

　子供のころ、眠るまえにいつも本を読んでもらうのが習慣だった。選ばれる本はこちらからのリクエストでなく、読み手が勝手に選んだもので、たいがいが一夜の就寝前では終わらない物語だった。そうすると続きは明日ということになる。わくわくしながら眠りにつくことができる。明日は何がおきるのか、これからいったい主人公はどうなってしまうのか、そんなことを考えながらゆっくりと眠りに落ちていく。わからない言葉があれば読み手をさえぎってわかる言葉にかえてもらい、あらすじを忘れてしまえばやっぱり読みはじめるまえに昨日までのおさらいをしてもらわないといけない。ただでさえ時間がかかるのだから、あんまり長い話だと、こちらも最初のころのことを忘れてしまうし、読み手も飽きてくる。たとえば『蜘蛛の糸』なら主人公が何をしたことによって助けてもらえるのか覚えているけれども、『吾輩は猫である』などを選ばれると、いったいい何がどうなっているんだか、そもそものはじまりはどうだったのか忘れてしまい、話を読みはじめるまえにあらすじだけ繰り返してもらって眠りに落ちたりもし、これはたしか最後まで読んでもらった記憶がない。

うとうととまどろむなかで聞かされるし、記憶力はよくないしで、聞いた話は片っ端から——ときには話の途中から——忘れていくが、不思議と、その物語を縁取っている色やにおいや、肌触りや、そういった感覚的なものは覚えている。

『蜘蛛の糸』だったり『走れメロス』だったり、眠りにおちるまえに聞いた幾つもの物語を、自分の目で、書いた人の言葉で実際読んだのは、それからずっとあとのことになる。すっかり忘れていた物語もあれば、なつかしく感じるものもあり、こんな話だったのかと驚くものもあった。けれど、枕に頭を沈めて聞き入った物語の、物語の持つ色は変わらないのだった。横たわり目を閉じて、すぐ近くで聞き慣れた声が、つっかえたり補足したり言いかえたりしつつ物語を語る、そのとき頭のなかをふっとかすめた景色の色合い、見たことがないけれどどこかなつかしいような光景、あたりに漂うにおい、それらは、一冊の書物の中に、作者本人が使う言葉によってより濃度をまして存在している。それは物語の核なのだろうと思う。寝しなに聞いて色なりにおいなりを私が覚えていることのできた物語は、そういう意味でとても強い力を持っていたのだと思う。

私はかなりまっとうな受験生活を送ってきたので、いまだに、旧仮名遣いや古語活用を見ると当時のことを思い出す。テスト用紙やびっしり字の書かれた黒板なんかを。一葉はそれほど昔の人ではないけれど、反射的に身構えてしまうのはやっぱり同じことで、それでも現代語訳をやってみたいと思ったのは、かつての寝入り物語を思い出したからだった。一葉の作品が持つしなやかな強さ、独特の色合い、彼女の作品の核は、こちらがどんなにたどたどしく触れたとしても伝わるのではないか、と勝手に思ったからだ。

本人の言葉の、歌うようなリズム、姿勢の美しさ、そしてどこか静かななつかしさは、私の持っている言葉ではあらわすことができそうにない。私にできるのはただ、私自身が感じた色をできるだけていねいになぞることだけである。この作品の原文を読んで、もし読者に同じ色がちらりとでも見えたらとてもうれしい。

初出

「にごりえ」「この子」「裏紫」『現代語訳・樋口一葉　にごりえ他』（一九九六年、河出書房新社刊）

「大つごもり」「文藝」一九九六年秋季号、後に『現代語訳・樋口一葉　大つごもり他』（一九九七年、河出書房新社刊）に収録

「われから」『現代語訳・樋口一葉　大つごもり他』（同）

「ゆく雲」「うつせみ」『現代語訳・樋口一葉　闇桜／ゆく雲他』（一九九七年、河出書房新社刊）

・原書刊行時に使われていた言葉（単語）については、時代性をかんがみ、そのままとした箇所があります。

・翻訳協力　千田かをり

にごりえ

現代語訳《げんだいごやく》・樋口一葉《ひぐちいちよう》

二〇〇四年一二月三〇日　初版発行
二〇二二年　四　月一〇日　新装版初版印刷
二〇二二年　四　月二〇日　新装版初版発行

訳　者　伊藤比呂美《いとうひろみ》　島田雅彦《しまだまさひこ》
　　　　多和田葉子《たわだようこ》　角田光代《かくたみつよ》

発行者　小野寺優
発行所　株式会社河出書房新社
〒一五一－〇〇五一
東京都渋谷区千駄ヶ谷二－三二－二
電話〇三－三四〇四－八六一一（編集）
　　〇三－三四〇四－一二〇一（営業）
https://www.kawade.co.jp/

ロゴ・表紙デザイン　粟津潔
本文フォーマット　佐々木暁
印刷・製本　中央精版印刷株式会社

Printed in Japan　ISBN978-4-309-41886-5

伊藤比呂美の歎異抄

伊藤比呂美　41828-5

詩人・伊藤比呂美が親鸞の声を現代の生きる言葉に訳し、親しみやすい歎異抄として甦らせた、現代語訳の決定版。親鸞書簡、和讃やエッセイとも小説とも呼べる自身の「旅」の話を挟んで構成。

島田雅彦芥川賞落選作全集　上

島田雅彦　41222-1

芥川賞最多落選者にして現・選考委員島田雅彦の華麗なる落選の軌跡にして初期傑作集。上巻には「優しいサヨクのための嬉遊曲」「亡命旅行者は叫び呟く」「夢遊王国のための音楽」を収録。

島田雅彦芥川賞落選作全集　下

島田雅彦　41223-8

芥川賞最多落選者にして現・芥川賞選考委員島田雅彦の華麗なる落選の軌跡にして初期傑作集。下巻には「僕は模造人間」「ドンナ・アンナ」「未確認尾行物体」を収録。

福袋

角田光代　41056-2

私たちはだれも、中身のわからない福袋を持たされて、この世に生まれてくるのかもしれない……人は日常生活のどんな瞬間に、思わず自分の心や人生のブラックボックスを開けてしまうのか？　八つの連作小説集。

異性

角田光代／穂村弘　41326-6

好きだから許せる？　好きだけど許せない⁉　男と女は互いにひかれあいながら、どうしてわかりあえないのか。カクちゃん&ほむほむが、男と女についてとことん考えた、恋愛考察エッセイ。

須賀敦子が選んだ日本の名作

須賀敦子〔編〕　41786-8

須賀の編訳・解説で60年代イタリアで刊行された『日本現代文学選』から、とりわけ愛した樋口一葉や森鷗外、庄野潤三等の作品13篇を収録。解説は日本人にとっても日本文学への見事な誘いとなっている。